Jan Andersen

Dusty
und das Winterwunder

Jan Andersen

Dusty
und das Winterwunder

Vignetten von
Cathy Ionescu

cbj

Für Lotta, Abby, Spot, Carlos und Akira

Für die Unterstützung bei der Arbeit danke ich dem Tourismusverband Großarltal. www.grossarltal.info

Weitere Titel in dieser Reihe:
Dusty – Freunde fürs Leben 978-3-570-17139-4
Dusty in Gefahr 978-3-570-17339-8
Dusty – Komm nach Hause! 978-3-570-17414-2

Als er die anderen Hunde bellen hört, weiß er sofort, dass etwas nicht stimmt. Es sind zu viele Hunde, und ihr Bellen klingt nicht so, als ob sie spielen würden. Aber es ist auch kein Streit, die Hunde kämpfen nicht miteinander. Und auch das lang gezogene Heulen und Jaulen, das er zwischendurch hören kann, passt nicht zu Hunden, mit denen alles in Ordnung ist …

Im nächsten Moment stemmt er die Vorderpfoten auf den Boden und bleibt wie festgewachsen stehen. Er weiß jetzt, was das Bellen und Jaulen zu bedeuten hat. Als Paul ungeduldig an der Leine zieht, fiept er leise und legt sich platt auf den Boden.

»Was soll das?«, schimpft Paul. »Spinnst du? Los, komm weiter!«

Aber er rührt sich nicht. Er blickt nur ängstlich von unten zu Paul hoch, während sich gleichzeitig sein Nackenfell sträubt und er schon die Muskeln anspannt, um aufspringen und sich losreißen zu können. Sowie Paul ihn zwingen will weiterzulaufen, wird er wegrennen. Und es ist ihm völlig egal, ob Paul dann sauer ist! Aber er wird nicht mit ihm mitkommen, nicht dahin, wo die anderen Hunde sind. Lieber wird er sich wieder im Wald verstecken, und in der Dunkelheit von Müll-

tonne zu Mülltonne schleichen, um irgendwo etwas Fressbares zu finden. Sogar die Katzen und Ratten, die nachts draußen unterwegs sind, machen ihm weniger Angst als der Ort hinter dem hohen Zaun, wo immer noch die anderen Hunde bellen. Nie wieder will er dorthin zurück!

Er erinnert sich noch ganz genau, wie es damals war. Als der Vater aus seiner alten Familie ihm die Leine umgelegt und behauptet hat, dass sie nur einen kleinen Spaziergang machen würden. Und das große Mädchen und die Mutter haben weinend in der Tür gestanden und konnten ihn nicht anblicken, als der Vater ihn mit sich gezogen hat. Aber der Vater hatte gelogen, sie haben keinen Spaziergang gemacht. Sondern sie sind mit der Straßenbahn durch die große Stadt gefahren, und dann waren sie in einem Haus, wo der Vater ihn einfach abgegeben hat, bevor er ganz schnell verschwunden ist. Er hat noch nicht mal gesagt: »Warte hier, bis ich wieder da bin. Es dauert nicht lange. Ich komme bald wieder, versprochen!«

Und er ist auch nicht wiedergekommen. Ein fremder Mann aus dem Haus hat ihn dann auf einen Hof hinaus geführt, wo ein flaches Gebäude mit Gitterkäfigen stand. Und in jedem Käfig war ein anderer Hund, der bellend und winselnd am Gitter hochgesprungen ist, als sie an ihm vorbeikamen. Nur der letzte Käfig war leer.

Und er hat zu spät kapiert, dass dieser Käfig für ihn war!

Er weiß nicht mehr, wie viele Tage er dort verbracht hat. Und in wie vielen Nächten er verzweifelt den Mond angeheult hat! Er war alleine und er hat Angst gehabt. Der Käfig war so klein, dass er immer nur ein paar Schritte hin und her laufen konnte, bis er wieder am Gitter stand. Oder er musste im Kreis rennen und seinen eigenen Schwanz jagen, weil es sonst nichts zu tun gab.

Der fremde Mann hat ihm morgens und abends etwas zu fressen gebracht. Er hat auch mit ihm geredet und ihm manchmal das Fell gebürstet, aber er hatte nie viel Zeit, weil er ja auch noch zu den anderen Hunden musste.

Die einzige Abwechslung gab es, wenn sie alle zusammen auf die Wiese hinter den Zaun durften. Dann konnten sie endlich mal richtig rennen und sich gegenseitig begrüßen. Aber auch das war nicht immer schön. Weil es immer ein paar Hunde gab, die Streit gesucht haben und kämpfen wollten. Da hat er dann auch gelernt, wie wichtig es war, das Nackenfell aufzustellen, um größer zu wirken. Und die Lippen so weit hochzuziehen, dass der andere seine Zähne sehen konnte. Ganz tief unten in der Kehle zu knurren und zu versuchen, den anderen mit den Augen niederzustarren, bis der den Schwanz zwischen die Beine klemmte und endlich abhaute. Aber genauso oft ist er verprügelt worden! Manchmal sogar von mehreren Hunden zusammen, und er hat noch Glück gehabt, dass er ohne schlimme Bisswunden davongekommen ist.

Es gab natürlich auch Hunde, die nett waren und mit denen er spielen konnte. Aber eigentlich waren sie alle nur verängstigt und haben sich davor gefürchtet, wieder zurück in ihre Käfige zu müssen.

Manche Hunde hatten auch schlimme Sachen erlebt, das konnte er deutlich sehen, wenn sie sich duckten und in einer Ecke verkrochen, als würden sie jeden Moment geschlagen. Und nachts konnte er ihre Angst riechen, wenn sie vor Einsamkeit winselnd in ihren Käfigen hin und her liefen. Oder voller Panik aus einem schlimmen Traum aufschreckten und nach Hilfe riefen.

Manchmal kamen Leute und haben einen von ihnen einfach mitgenommen. Aber er hat den Leuten nicht getraut, er kannte sie ja nicht! Deshalb ist er auch nie wie die anderen schwanzwedelnd am Gitter hochgesprungen. Sondern hat nur die Zähne gezeigt und geknurrt, wenn sie mit ihm geredet haben. Er wollte nicht von Fremden abgeholt werden. Er hoffte ja auch immer noch, dass seine alte Familie zurückkommen würde! Also durfte er nicht weg.

Aber irgendwann wurde ihm klar, dass etwas nicht

stimmte. Vielleicht war etwas passiert, und deshalb kamen sie nicht, um ihn zu holen. Also musste er raus aus diesem Gitterkäfig und dem Haus mit den hohen Zäunen und sie suchen!

Als das nächste Mal Leute vor seinem Käfig standen, legte er den Kopf schief, stellte ein Ohr auf und machte leise »wuff!«. Dann zeigte er ein paar Tricks, die er gelernt hatte. Er ließ sich auf die Seite fallen und machte eine Rolle. Und er lief ein Stück rückwärts, nur auf den Hinterbeinen. Als sie in die Hände klatschten, wusste er, dass er gewonnen hatte.

Die Fremden ließen sich eine Leine geben, um mit ihm nach draußen zu gehen. Auf die Wiese vor dem Zaun! Und sie hatten einen Ball dabei, den sie für ihn geworfen haben. Aber dazu mussten sie ihn ja von der Leine machen. Einmal brachte er den Ball noch brav zurück, doch dann rannte er so schnell er konnte davon.

Und genauso würde er es jetzt wieder tun. Auch wenn es Paul war, der ihn an der Leine hielt. Er musste nur den richtigen Moment abwarten, bis Paul mal kurz nicht aufpasste, dann würde er weglaufen.

1. Kapitel

»Was soll das, Dusty?«, schimpft Paul und beugt sich zu seinem Hund. Als er die Hand ausstreckt, um Dusty übers Fell zu streichen, spürt er deutlich, wie der Hund zittert: »Was ist denn nur los mit dir? Hast du etwa Angst?«

Gleich darauf schlägt sich Paul mit der flachen Hand vor die Stirn.

»Mann, bin ich blöd! Natürlich hast du Angst! Du hörst ja die Hunde bellen, und jetzt denkst du wahrscheinlich, ich will dich wieder ins Tierheim bringen. Du erinnerst dich daran, wie es war, als du selber da warst, richtig? Aber du brauchst keine Angst zu haben, ich geb dich nie wieder her, das weißt du doch!«

Paul drückt Dusty ganz fest an sich, und Dusty leckt ihm mit der Zunge über die Hand. Aber als Paul dann mit ihm weitergehen will, sträubt er sich wieder. Er hat die Ohren angelegt und den Schwanz zwischen die Beine geklemmt. Und er sieht nicht so aus, als würde er Paul vertrauen!

Eigentlich klar, denkt Paul, wenn ich das alles erlebt

hätte, was Dusty durchgemacht haben muss, würde ich wahrscheinlich auch einen großen Bogen um alles machen, was nach Tierheim aussieht. Trotzdem ärgert er sich ein bisschen, Dusty muss doch schließlich wissen, dass er nie irgendwas Böses mit ihm machen würde. Außerdem bleibt gerade eine alte Dame neben ihm stehen und mustert Paul argwöhnisch. Und plötzlich ist es Paul peinlich, dass Dusty ihm nicht gehorchen will! Die alte Dame denkt bestimmt, er hätte keine Ahnung von Hunden …

»Wo willst du mit deinem Hund denn überhaupt hin?«, fragt sie jetzt prompt und blickt Paul so böse an, als wäre sie überzeugt, dass er Dusty quält. »So ein schöner Hund, und du schimpfst mit ihm! Ich habe es genau gesehen. Hast du etwa vor, ihn ins Tierheim zu bringen?«

»Nein, habe ich nicht«, antwortet Paul pampig. Dann bückt er sich und nimmt Dusty einfach hoch. Der Hund ist so verblüfft, dass er nur mit den Pfoten zuckt und gleich darauf versucht, Paul das Gesicht abzuschlecken. Paul dreht schnell den Kopf weg und streicht Dusty beruhigend übers Fell.

»Komm, Dusty, wir gehen«, sagt er, und Dusty wühlt seine kalte Schnauze unter dem Schal hindurch an Pauls Hals. Er zittert immer noch, und vor allem ist er ganz schön schwer, aber bevor die alte Dame noch etwas sagen kann, hat Paul sich schon umgedreht und läuft mit langen Schritten weiter.

Als er an dem Tor zum Tierheim ist, hört er, wie die alte Dame hinter ihm herruft.

»Ich hab's doch gewusst! Eine Unverschämtheit ist das, so einen schönen Hund einfach abzugeben. Du solltest dich was schämen, Junge! Hast du keine Eltern, die dir sagen, dass man so etwas nicht tut?«

»Ganz ruhig, Dusty«, flüstert Paul. »Die Alte hat keine Ahnung, hör einfach nicht hin!«

Obwohl er natürlich weiß, dass die Frau ja recht hat. Natürlich ist es gemein, Hunde oder irgendwelche anderen Tiere ins Tierheim zu bringen, nur weil es manchen Leuten zu anstrengend ist, sie zu pflegen und sich um sie zu kümmern. Aber er will Dusty ja auch gar nicht im Tierheim abliefern, er hat etwas ganz anderes vor!

Allerdings stellt ihm die Frau in dem Overall, die ihm jetzt die Tür öffnet, genau die gleiche Frage. Bevor er überhaupt noch irgendwas erklären kann.

»So«, sagt sie. »Haben wir also mal wieder jemanden, der seinen Hund loswerden will!« Sie klingt ziemlich genervt, denkt Paul, als ob hier dauernd irgendwelche Leute mit ihren Hunden ankommen würden. Aber das scheint tatsächlich so zu sein! »Mir reicht's langsam«, sagt die Frau nämlich jetzt. »Kann man sich das nicht vielleicht mal vorher überlegen, ob man überhaupt Zeit für ein Haustier hat? Aber nein, es ist immer dasselbe, da wird das Tier erst angeschafft, und wenn es dann nervt oder zu viel Arbeit macht, dürfen wir uns drum kümmern!«

»Es ist ganz anders, Sie irren sich!« Endlich schafft Paul es, auch mal was zu sagen. »Ich will Dusty überhaupt nicht loswerden.«

Vorsichtig setzt er Dusty auf den Boden und streichelt ihn wieder. Dusty drückt sich ganz dicht an seine Beine und winselt leise.

»Der Hund hat Angst«, stellt die Frau vom Tierheim fest.

»Weiß ich«, sagt Paul, während er sich aufrichtet. »Das hat was damit zu tun, dass er die Hunde draußen im Zwinger jaulen gehört hat, als wir hierhergekommen sind. Und er war früher selber mal im Tierheim. Aber da ist er dann abgehauen, und jetzt ist er bei uns und wir geben ihn auch nie wieder her. Er ist nämlich echt schlau, so ziemlich der schlaueste Hund, den es gibt, würde ich sagen. Und außerdem sind wir Kumpels, Dusty und ich. Deshalb sind wir ja auch hier.«

»Was?«, fragt die Frau. »Ich verstehe nicht, was du meinst.«

Schon klar, denkt Paul, was er da gerade gesagt hat, war eben auch nicht unbedingt einleuchtend, das muss er zugeben. Er holt tief Luft, um noch mal von vorne anzufangen.

»Also, das ist so, ich bin Paul. Und ich wohne oben in der alten Villa am Waldrand. Und unsere Nachbarin …«

»Ist Klara«, unterbricht ihn die Frau und nickt. »Klara Besenbinder, meine alte Freundin. Jetzt weiß ich auch, wo ich deinen Namen schon mal gehört habe. Sie hat mir viel von dir erzählt, von dir und deinem Hund. Dusty!«

Ihre Stimme klingt jetzt viel freundlicher. Und als Dusty seinen Namen hört, wedelt er mit dem Schwanz und will an ihr hochspringen.

»Lass das, Dusty!«, sagt Paul. »Mach Platz.«

Dusty legt sich neben ihn, aber er lässt die Frau nicht aus den Augen. Bis sie sich zu ihm beugt und ihn streichelt. Sofort dreht sich Dusty auf den Rücken und hält ihr seinen Bauch hin.

»Das macht er nicht bei jedem«, sagt Paul. »Ich glaube, er mag Sie.«

»Das will ich doch hoffen! Schließlich ist es nicht der erste Hund, den ich begrüße.«

»Äh … aber Sie wissen schon, dass ich … also, ich meine, ich will ihn wirklich nicht hierlassen«, erklärt Paul schnell, weil er den Verdacht hat, dass die Frau ihn immer noch nicht versteht.

Sie nickt wieder. »Dann erzähl mal, worum es geht.«

Und Paul erzählt. Dass er von Frau Besenbinder gehört hat, was in letzter Zeit im Tierheim passiert ist. Dass nämlich schon ein paar Mal Tiere verschwunden sind! Einfach so. Ohne dass irgendjemand weiß, wohin. Und die einzige Erklärung ist, dass sie gestohlen wurden!

»Ja, das stimmt leider«, bestätigt die Frau. »Und wir haben keine Ahnung, wer der Dieb sein könnte. Aber ich fürchte, dass es etwas mit Weihnachten zu tun hat.«

»Was?«, fragt Paul diesmal verblüfft, weil er es jetzt ist, der gar nichts kapiert.

»Es ist nicht mehr lange bis Weihnachten. Und vielleicht hatte jemand die Idee, sich hier heimlich die Tiere zu besorgen, um sie dann zu Weihnachten zu verschenken.«

»Aber da könnte er doch auch in eine Tierhandlung gehen! Oder zu einem Züchter …«

»Dann müsste er Geld bezahlen.«

Paul überlegt einen Moment.

»Ich verstehe es immer noch nicht«, erwidert er dann. »Wenn er jetzt hier zu Ihnen kommen würde und sich ein Tier aussucht, dann müsste er doch auch nichts bezahlen, richtig?«

»Nicht ganz. Eine kleine Gebühr verlangen wir schon, zwischen zwanzig Euro bei einem Kaninchen und zweihundert bei einem Hund. Wir brauchen das Geld, um die Tiere hier im Heim versorgen zu können! Und dann fragen wir auch sehr genau nach, ob jemand, der ein Tier haben möchte, wirklich weiß, welche Verantwortung er damit übernimmt. Gerade jetzt vor Weihnachten gibt es Leute, die denken, ein Tier wäre das richtige Geschenk, für ihre Kinder zum Beispiel. Und glaub mir, Paul, oft stehen sie dann schon nach ein paar Wochen wieder vor der Tür und wollen das Tier loswerden, weil es eben doch nicht so einfach ist. Ein Hund, eine Katze, ein Kaninchen sind keine Weihnachtsgeschenke wie ein Spielzeugauto oder eine neue Puppe. Aber manche Leute begreifen das leider erst zu spät.«

»Okay«, sagt Paul. »Kapiert. Aber wenn Sie recht haben, dann ist es gut, dass wir zu Ihnen gekommen sind. Dusty und ich! Wir haben nämlich schon mal einen echt verzwickten Fall gelöst. Und wir sind ein richtig gutes Team, das können Sie mir glauben!«

»Du meinst, du willst mithelfen rauszukriegen, was hier passiert?«

»Nicht ich, wir! Dusty und ich!«, wiederholt Paul.

Jetzt lacht die Frau und streckt ihm die Hand hin.

»Vielleicht hast du recht, dass das wirklich eine gute

Idee ist. Und ich kann jede Hilfe gebrauchen! Also, Hand drauf, Paul, dann hast du jetzt, nein, dann habt ihr jetzt einen neuen Fall. Ich bin übrigens Sabine …«

»Witzig! Wie meine Mutter! Ich meine, meine Mutter heißt auch Sabine. Aber keine Panik, ich weiß schon, wie wir das machen, ohne mit den Namen durcheinanderzukommen. Meine Mutter ist Sabine 1 und Sie sind dann einfach Sabine 2, alles klar?«

»Alles klar«, lacht Sabine 2. »Und wie stellst du dir das jetzt vor? Ich meine, was musst du wissen, um …«

»Am besten, Sie zeigen mir und Dusty erst mal alles hier. Wo die Zwinger sind und wer hier noch alles arbeitet und wie vielleicht jemand reinkommen kann, ohne dass Sie irgendwas davon mitkriegen. Und ich muss natürlich wissen, was für Tiere überhaupt verschwunden sind! Dann werden wir überprüfen, ob es irgendwo ein Loch im Zaun gibt. Oder auf welche Weise man sonst die Tiere hier rausschmuggeln kann. Und sobald wir eine Spur haben, ist Dusty dran! Mit seiner Nase findet er alles!«

Als er sieht, dass Paul nach der Leine greift, trappelt er aufgeregt mit den Vorderpfoten. Endlich wollen sie wieder gehen! Und er freut sich schon darauf, mit Paul zurück nach Hause zu laufen. Vielleicht nehmen sie ja den Weg durch den Wald. Seit es geschneit hat, sind überall Spuren im Schnee, die er gut verfolgen kann. Vielleicht geht Paul ja auch mit ihm zum Rodelberg! Da sind gerade jede Menge Leute mit Schlitten, und es macht Spaß, laut bellend hinter den Schlitten herzurennen, um auszuprobieren, wer schneller ist.

Aber dann nimmt Paul die falsche Tür. Und er kapiert, dass er sich geirrt hat. Paul will noch gar nicht nach Hause. Jetzt laufen sie hinter der Frau her durch einen langen Gang und durch noch eine Tür – und dann sieht er die Käfige links und rechts und hört wieder die anderen Hunde bellen und riecht ihre Angst.

»Es ist alles gut, Dusty«, sagt Paul zu ihm. »Wir gucken uns das hier nur an. Es passiert dir nichts!«

Er drückt sich ganz dicht an Pauls Beine und schleicht geduckt neben ihm her, während Paul mit der Frau redet.

Eine schwarze Hündin springt winselnd an der Gittertür hoch, als sie vorbeikommen. Sie sieht niedlich aus, und sie hat so lange Haare, dass sie immer wieder den Kopf schütteln muss, um etwas sehen zu können.

Er macht kurz »wuff«, um die Hündin zu begrüßen, und will schnell weiter hinter Paul her. Aber als die Hündin ihre Schnauze zwischen den Gitterstäben hindurchstreckt, kann er nicht anders. Er hält an und schnuppert an ihrem Fell. Sie riecht gut! Und jetzt versucht sie, ihm übers Gesicht zu lecken! Für einen Moment drücken sie ganz fest die Schnauzen aneinander.

»He, Dusty!«, lacht Paul. »Hast du etwa schon eine Freundin gefunden? Na, siehst du, es ist alles gar nicht so schlimm hier! Aber jetzt komm weiter, wir haben noch viel zu tun.«

Er kann zum Abschied gerade noch mal mit dem Schwanz wedeln, dann zieht Paul ihn mit sich. Die schwarze Hündin winselt so laut hinter ihnen her, dass er am liebsten sofort wieder umdrehen würde.

»Ich komme wieder!«, bellt er. »Ich weiß ja jetzt, wo du bist!«

Sie laufen von einem Käfig zum nächsten. Und auch die anderen Hunde winseln und bellen, aber keiner gefällt ihm so gut wie die Hündin mit dem langen schwarzen Fell. Und er muss die ganze Zeit an sie denken, auch als sie schon längst durch die nächste Tür sind.

Hier gibt es keine Hunde, sondern alle möglichen anderen Tiere. Ein paar Katzen, und ein komisches braunweißes Pelzknäuel mit Knopfaugen, das aufgeregt in einem kleinen Rad läuft. Je schneller das Pelzding seine Beine bewegt und seine Pfoten auf die Sprossen drückt, umso schneller dreht sich das Rad. Aber er erkennt sofort, dass das Rad festgeschraubt ist! Es nützt also gar nichts, wenn der kleine Kerl da drin sich solche Mühe gibt, er wird trotzdem nirgendwo anders hinkommen. Und deshalb wird es auch schnell langweilig, ihm dabei zuzusehen. Mindestens genauso langweilig wie bei den Kaninchen!

Er kennt Kaninchen ja von zu Hause, weil Pauls kleine Schwester auch zwei hat. Nur leider kann man mit Kaninchen nicht spielen, weil sie vor Angst gleich so zittern, als würden sie jeden Moment umfallen.

Jetzt hat Paul irgendwas entdeckt und ruft nach ihm.

»Hierher, Dusty! Komm her, los, schnell. Ich brauche deine Hilfe!«

2. Kapitel

Eigentlich hat Paul die ganze Idee mit dem Tierheim ja nur gehabt, weil ihm langweilig war. Und weil ihn alles genervt hat! ALLES! Er hat sich noch nicht mal gefreut, als es endlich anfing zu schneien. Und als die anderen aus seiner Klasse mitten auf dem Pausenhof einen Schneemann gebaut haben, der ein bisschen so aussah wie der Schulleiter. Was aber vor allem daran lag, dass Lukas dem Schulleiter heimlich die Mütze geklaut und sie dem Schneemann aufgesetzt hat. Und dann haben sie der Reihe nach mit Schneebällen geworfen. Und versucht, die Mütze zu treffen, um sie dem Schneemann vom Kopf zu ballern.

Natürlich hat es Ärger gegeben! Was nun wiederum wirklich albern war, weil der Schulleiter ja nichts weiter hätte machen müssen, als sich einfach seine Mütze wieder zu holen und über das Ganze zu lachen. Die Mütze war noch nicht mal kaputt, nur ein bisschen feucht. Aber der Schulleiter war trotzdem sauer. Und so lange es weiter geschneit hat, durften sie in den Pausen nicht mehr raus, noch nicht mal mehr, um auf der Eisbahn zu schlittern, die sie sich quer über den Hof angelegt hatten.

Aber auch das war Paul egal. Er hatte sowieso keine Lust zu schlittern. Genauso wenig wie er Lust hatte, irgendetwas anderes zu machen. Und zu Hause war es kein Stück besser. Ständig haben sie alle nur davon geredet, dass bald Weihnachten ist und wann sie den Weihnachtsbaum vom Förster abholen. Oder was sie am besten kochen, wenn seine Oma zu Besuch kommt.

Vor allem Karlotta hat echt genervt! Er durfte noch nicht mal mehr in ihr Zimmer, weil sie da angeblich irgendwelche Weihnachtsgeschenke gebastelt hat. Obwohl Paul ganz genau wusste, dass sie nur mit ihren beiden Kaninchen gespielt hat, mit Schneewittchen und Hans-guck-in-die-Luft.

Er selber hatte übrigens keine Ahnung, was er seinen Eltern oder Karlotta schenken sollte. Und er hat auch immer noch keine Ahnung. Weil er nämlich gar nicht dazu kommt, in Ruhe nachzudenken. Weil kein Platz dafür in seinem Kopf ist. Weil er ein Problem hat, über das er mit keinem reden kann. Und daran hat sich auch bis heute nichts geändert. Im Gegenteil. Eigentlich ist alles von Tag zu Tag schlimmer geworden …

Der Einzige, dem er davon erzählt hat, ist Dusty.

Und Dusty hat auch sofort kapiert, dass irgendwas nicht in Ordnung ist, aber wirklich helfen kann er Paul natürlich nicht. Obwohl er sich große Mühe gibt, um Paul wieder aufzumuntern!

Er weicht Paul nicht mehr von der Seite, und immer wenn Paul wieder traurig aus der Schule nach Hause kommt, hat sich Dusty inzwischen irgendwas Neues ausgedacht, damit Paul lacht. Er macht alle Tricks, die er kann, auf einmal. Oder er klettert heimlich auf Pauls Bett, legt den Kopf aufs Kissen und tut so, als ob er schnarchen würde. Und gestern erst hat er sich hinter der Tür versteckt, und als Paul ins Zimmer kam, ist er bellend an ihm hochgesprungen. Paul hat fast einen Herzschlag gekriegt!

Aber egal, was Dusty anstellt – Pauls Problem ist damit noch lange nicht weg. Das Problem heißt ALEX. Pauls Freundin aus der Schule. Und früher war es immer so, dass Paul sich jeden Tag aufs Neue gefreut hat, Alex zu sehen. Sie haben sich auch immer alles erzählt, und sie hatten keine Geheimnisse voreinander. Mal ganz davon abgesehen, dass Alex auch immer irgendwelche Ideen hatte, was sie machen konnten. Wenn ihnen langweilig war. Oder wenn sie sich über irgendjemanden geärgert hatten. Oder auch einfach nur so, weil sie eben … die besten Freunde waren, die es gibt. Aber seit zwei Wochen ist alles anders!

Erst fing es damit an, dass Alex plötzlich keine Ideen mehr hatte. Null. Niente. Nada. Nichts. Als würde sie alles nicht mehr interessieren. Sie ist nur zur Schule gekommen, hat sich auf ihren Platz gesetzt und in die Luft gestarrt. Und sobald der Unterricht vorbei war, ist sie wieder nach Hause gerannt.

Natürlich hat Paul sie gefragt, was los ist. Aber er hat keine Antwort bekommen. Und auch sonst hat sie nicht mehr mit ihm geredet. Weder mit ihm noch mit irgendjemand anderem. Alle haben es mitgekriegt, dass Alex echt komisch war, aber keiner wusste, was sie machen sollten. Und als Lukas ihr zu Nikolaus einen Schokoladen-Weihnachtsmann geschenkt hat, ist sie total ausgeflippt und wollte ihn verprügeln. Dabei hatte Lukas nur gesagt: »Hier, der ist für dich. Schokolade soll nämlich gute Laune machen! Und die ist dir ja irgendwie abhandengekommen.«

Irgendwas stimmt jedenfalls nicht mit Alex, so viel ist sicher. Deshalb ist Paul gestern Nachmittag auch zu ihr nach Hause gefahren, um sie zu besuchen. Aber sie war nicht da. Und ihre Mutter auch nicht. Und heute Morgen in der Schule war es wieder dasselbe: Alex war zwar da, aber genauso gut hätte da auch eine Puppe auf ihrem Platz sitzen können. Eine Puppe, die noch nicht mal »Mama« sagen kann.

Auf dem Rückweg hat Paul dann vorhin auf der

Straße Frau Besenbinder getroffen, die Nachbarin, die gerade vom Einkaufen kam. Und Frau Besenbinder hat ihm aufgeregt von den Vorfällen im Tierheim erzählt. Eigentlich hat Paul gar nicht richtig hingehört, weil er ja sowieso die ganze Zeit nur an Alex denken musste. Aber als er wieder in seinem Zimmer saß und aus dem Fenster gestarrt hat, hat er plötzlich eine Idee gehabt.

»Gehst du zum Rodelberg?«, hat seine Mutter gefragt.

»Vielleicht später, mal sehen«, hat Paul ausweichend geantwortet. »Erst mal habe ich noch was anderes zu tun, was wichtiger ist. Äh … es ist für Weihnachten, verstehst du, deshalb kann ich auch nicht drüber reden«, hat er schnell noch hinzugesetzt, um seine Mutter zu beruhigen.

»Na, da bin ich ja mal gespannt«, hat Sabine gemeint und ihm zugeblinzelt. »Hat es mit einer gewissen Person zu tun, die ich hier schon länger nicht mehr gesehen habe?«

»Keine Ahnung, was du meinst«, hat Paul geantwortet und versucht, so was wie ein Grinsen zustande zu bringen. Obwohl ihm absolut nicht nach Grinsen zumute war. Aber die Frage war mal wieder typisch für seine Mutter! Als könnte sie Gedanken lesen, hat er noch gedacht, während er Dusty die Leine angelegt hat. Natürlich hat Sabine längst gemerkt, dass ihn irgendwas bedrückt. Und weil sie ja alles andere als doof ist, hat sie nur schnell mal eins und eins zusammenzählen müssen, um darauf zu kommen, dass es irgendwie mit Alex zusammenhängt. Die sonst mindestens jeden zweiten Tag bei ihnen zu Hause aufgetaucht ist, aber sich plötzlich nicht mehr blicken lässt.

Und seine Mutter lag auch nicht so falsch mit ihrer Idee, dass sein kleiner Ausflug auch etwas mit Alex zu tun hatte. Weil sein Plan nämlich genau darum ging! Er wollte sich die Sache im Tierheim nur ansehen, um einen Grund zu haben, noch mal zu Alex zu gehen. Damit er dann zu ihr sagen konnte. »Hör zu, Alex, ich weiß nicht, was bei dir los ist. Aber ich brauche deine Hilfe, weil ich da gerade eine Sache am Laufen habe, bei der ich alleine keine Chance habe.«

Und »die Sache« wären natürlich das gestohlene Futter aus dem Tierheim und die Tiere, die da verschwunden sind, ohne dass jemand die leiseste Ahnung hat, was eigentlich los ist. Nur deshalb ist er mit Dusty ins Tierheim! Und er hofft, dass sein Plan funktionieren wird. Schließlich hat er schon mal einen echt schwierigen Fall mit Alex zusammen aufgeklärt. Und mit ein bisschen Glück wird Alex nicht Nein sagen, wenn sie jetzt von ihm hört, dass er alleine nicht weiterkommt und ihre Hilfe braucht. Dann vergisst sie auch hoffentlich alles andere, weshalb sie so komisch ist. Oder sie redet irgendwann doch mit ihm darüber, was mindestens genauso gut wäre!

»Hast du etwas entdeckt?«, fragt ihn Sabine 2 gerade, als er sich bückt und nach Dusty ruft.

»Ich weiß noch nicht, aber hier ist ein Handschuh! Sieht aus, als hätte ihn jemand verloren.«

Paul zieht den Handschuh aus dem Stroh, das um die Kiste für die Schildkröte herum auf dem Boden liegt. Um die Kiste, die jetzt leer ist. Weil auch die Schildkröte geklaut worden ist.

»Das ist ein Arbeitshandschuh«, erklärt Sabine 2. »Solche Handschuhe benutzen wir, wenn wir die Zwinger und die Ställe sauber machen. Das wird einer der Pfleger gewesen sein, ich glaube nicht, dass uns das weiterhilft.«

»Vielleicht doch«, erwidert Paul. Obwohl er selber nicht so recht daran glaubt, aber er muss ja wenigstens so tun, als hätte er vielleicht eine Spur. Damit er nach seinem Rundgang durch das Tierheim zu Sabine 2 sagen kann: »Der Fall scheint echt verzwickt zu sein! Ich glaube, Dusty und ich brauchen noch ein bisschen Hilfe, wenn wir weiterkommen wollen. Aber ich weiß auch schon, wen wir fragen können.«

Er hält Dusty den Handschuh hin, damit er den Geruch aufnehmen kann. »Die meisten Leute schwitzen, wenn sie Handschuhe anhaben«, erklärt er Sabine 2. »Und das ist natürlich gut für uns, weil Dusty damit die Spur besser verfolgen kann. Vielleicht führt er uns genau zu dem Pfleger, der diesen Handschuh anhatte. Und dann werden wir ja sehen, ob der ihn wirklich verloren hat oder …«

Sabine 2 schüttelt den Kopf. »Ich weiß nicht, Paul. Ich habe ja bereits mit allen Pflegern gesprochen. Und ich bin mir ziemlich sicher, dass keiner von ihnen etwas mit den Diebstählen zu tun hat.«

»Das weiß man nie so genau«, macht sich Paul ein bisschen wichtig, um gleich darauf zu Dusty zu sagen: »Alles klar, mein Guter? Feiner Hund! Und jetzt such die Spur!«

Dusty drückt noch mal die Nase in den Handschuh, bevor er sich im Kreis dreht und das Stroh um die Kiste herum untersucht. Dann fängt er an zu winseln und läuft breitbeinig los, mit der Schnauze dicht über dem Boden. Bis zu der Tür, die nach draußen führt.

Dusty kratzt mit der Pfote an der Tür und winselt noch lauter.

»Er hat die Spur!«, ruft Paul. »Jetzt werden wir ja sehen, wo sie hinführt.«

Dusty rennt so schnell über den Hof, dass Paul und Sabine 2 kaum hinterherkommen. Dann stoppt er plötzlich, als hätte er die Spur verloren. Aber gleich darauf rennt er wieder los, diesmal nach links, auf eine andere Tür zu, an der er jetzt hochspringt und laut bellt.

»Das ist der Raum, in dem wir das Futter aufbewahren«, sagt Sabine 2.

»Passt«, meint Paul nur. »Also los, weiter!«

Er will gerade die Tür öffnen, als sie von alleine aufgeht. Im ersten Moment sieht Paul nur ein paar Gummistiefel und eine zerrissene Jeans, dann wirft sich Dusty auch schon winselnd auf den Boden – und das Mädchen mit den Gummistiefeln setzt den Futtereimer ab, den es in der Hand hatte, und bückt sich, um Dusty zu streicheln.

»D… du?«, stottert Paul verblüfft.

»Das ist unsere neue Aushilfe«, sagt Sabine 2 hinter ihm. »Sie kommt immer nachmittags, wenn sie nach der Schule noch Zeit hat. Und sie kann richtig gut mit Tieren umgehen! Aber es sieht ja fast so aus, als würde sie deinen Hund kennen?«

»Sie kennt nicht nur meinen Hund«, antwortet Paul, bevor er zu dem Mädchen sagt: »Hallo, Alex! Schön, dich zu sehen …«

»Finde ich nicht«, erwidert Alex so leise, dass er sie kaum versteht. Dann bückt sie sich noch tiefer und drückt ihr Gesicht in Dustys Fell, als ob sie vermeiden wollte, Paul in die Augen blicken zu müssen.

Er findet das Spiel, das Paul sich ausgedacht hat, klasse. Paul hat früher schon manchmal Sachen für ihn versteckt, damit er eine Spur suchen sollte. Aber diesmal ist es besser! Weil die Spur ihn genau zu Alex geführt hat. Und er liebt Alex!

Von allen Freunden, die Paul hat, ist Alex die Lustigste. Und wenn sie zu ihnen nach Hause kommt, um Paul zu besuchen, weiß er, dass sie garantiert noch irgendwas Aufregendes machen. Und er darf immer mit! Außerdem rauft Alex immer mit ihm, meistens schon gleich, wenn sie zur Tür reinkommt. Dann hockt sie sich zu ihm auf den Boden und versucht, ihm die Beine wegzuziehen. Und er schnappt nach ihrer Hand, aber nur ganz vorsichtig, um ihr nicht wehzutun. Oder sie legt die Arme um ihn und wirft ihn um und hält ihn ganz fest. Und er muss versuchen, sich zu befreien. Aber er gewinnt fast immer. Und zur Belohnung bekommt er irgendwas, was sie in ihrer Tasche hat. Meistens ein Leckerli, aber manchmal auch ein Stück Wurst oder Käse.

Nur in letzter Zeit ist Alex nicht mehr gekommen. Deshalb freut er sich jetzt auch umso mehr, sie zu sehen. Aber irgendwas ist anders als sonst, das merkt er gleich. Sie spielt gar nicht richtig mit ihm. Und als sie ihm übers Fell streicht, spürt er deutlich, dass ihre Hände zittern. Und er kann riechen, dass sie Angst hat!

Er springt auf und rennt zu Paul, dann stößt er ihn mit der Schnauze an und bellt. Paul soll irgendwas machen, damit Alex wieder so ist wie sonst.

Aber Paul rührt sich nicht. Er steht einfach nur da und starrt Alex an. Und Alex starrt zurück. Als ob sie sauer auf Paul wäre.

3. Kapitel

»Das war ja wohl nichts«, sagt Paul laut zu sich selbst. Er sitzt am Schreibtisch in seinem Zimmer und würde am liebsten heulen. Sein Plan ist so was von schiefgegangen, wie es schlimmer kaum kommen konnte. Nicht nur, dass es wieder nicht geklappt hat, endlich vernünftig mit Alex zu reden, sondern jetzt ist sie auch noch sauer auf ihn. Und das Einzige, was sie zu ihm gesagt hat, war: »Es geht niemanden etwas an, was ich hier mache, das ist ganz allein meine Sache. Und wenn du irgendjemandem in der Schule davon erzählst, dann … dann … red ich kein Wort mehr mit dir.«

Damit hat sie den Futtereimer genommen und ist zu den Zwingern gegangen.

»Kapierst du das, Dusty?«, fragt Paul den Hund, der vor seinen Füßen liegt und ihn mit seinen klugen Augen anblickt. »Sie hat dir noch nicht mal auf Wiedersehen gesagt! Und mir auch nicht!«

Dusty klopft mit dem Schwanz auf den Boden – und gähnt!

»Nee, Alter«, sagt Paul. »So einfach ist das. Wir können nicht so tun, als wäre nichts. Uns muss irgendwas einfallen!«

Er schluckt heftig. Und als eine Träne auf das Papier vor ihm tropft, ärgert er sich. Heulen hilft auch nichts, denkt er.

Er hat auch immer noch ein schlechtes Gewissen, weil er nämlich zu Sabine 2 etwas über Alex gesagt hat, was ihm jetzt leidtut. Als Alex einfach abgehauen ist und Sabine 2 von ihm wissen wollte, warum sie gerade beide so komisch waren …

»Was ist denn mit euch los?«, hat sie gefragt. »Ihr kennt euch doch offensichtlich ganz gut, das habe ich ja auch an deinem Hund gesehen! Habt ihr euch gestritten oder warum redet ihr nicht miteinander?«

»Nee«, hat Paul geantwortet. »Gut kennen ist echt übertrieben. Wir sind zwar in derselben Klasse, aber mit Alex ist sowieso keiner befreundet. Und ich mag sie auch nicht besonders.«

Es ist schon klar, dass er das nur gesagt hat, damit Sabine 2 keine Fragen mehr stellt. Aber trotzdem kommt es ihm jetzt so vor, als hätte er Alex verraten!

Er hat auch keine Ahnung, ob Sabine 2 ihm geglaubt hat. Und bestimmt hat sie sich gewundert, warum er sich dann ziemlich schnell verabschiedet hat, kaum dass sie ihm noch die Wiese und den Zaum um das Gelände gezeigt hatte. Aber er wollte nur noch weg, damit er nicht Alex noch mal begegnet. Also hat er nur noch mal versprochen rauszufinden, wer der Dieb im Tierheim ist, und ist mit Dusty abgezogen. Und natürlich wird Sabine 2 jetzt denken, dass er nichts ist als ein kleiner Angeber, der sich mit seinem Gerede wichtigmachen wollte! Deshalb muss er jetzt wenigstens VERSUCHEN, so zu tun, als hätte er sein Angebot ernst gemeint. Und vielleicht hilft es ihm ja auch dabei, für einen Moment mal an was anderes zu denken als immer nur an Alex.

Am besten wird es sein, wenn er erst mal eine Liste macht, in die er alles einträgt, was er von Sabine 2 erfahren oder selbst gesehen hat. Listen sind immer gut, wenn man bei irgendeiner Sache nicht durchblickt! Paul nimmt einen Stift und fängt an zu schreiben.

WAS ICH WEISS

- Bisher sind 3 Tiere verschwunden. 1 Katze, 1 Kaninchen und 1 Schildkröte.
- Außerdem fehlt Katzenfutter. Und Hundefutter! Aber die Hunde sind alle da!
- Der Zaun um das Geländer herum ist zu hoch, um darüber zu klettern. Und es ist auch nirgends ein Loch.
- Es ist nicht eingebrochen worden.
- In das Gebäude, in dem die verschwundenen Tiere

untergebracht waren, kommt man nur mit einem Schlüssel. Oder als Besucher zusammen mit einem Tierpfleger.

- Den Schlüssel haben nur die Tierpfleger.
- Es gibt 3 Tierpfleger, die alle schon lange da sind. Sabine 2 vertraut ihnen.
- Es gibt aber auch noch jemanden, der noch NICHT lange da ist.
- Alex' Arbeitshandschuh lag neben der Kiste, in der keine Schildkröte mehr war.

Paul überlegt einen Moment, bevor er hinzusetzt:

SCHLUSSFOLGERUNG
Ich glaube nicht, dass es Sabine 2 selber war.
Es ist zwar auffällig, dass genau 3 Tiere fehlen und es auch 3 Tierpfleger gibt, aber das ist wahrscheinlich Zufall.
Es könnte sein, dass ein Besucher die Tiere heimlich rausgeschmuggelt hat. Vielleicht in einem Rucksack. Und der Dieb hat aus Versehen Hundefutter geklaut, weil er nicht lesen kann. Aber das scheint nicht sehr logisch zu sein. Es bleibt also nur …

Paul zögert. Dann wirft er den Stift hin und rauft sich die Haare.

»Alex!«, sagt er laut.

Dusty springt auf und wedelt mit dem Schwanz.

Paul schüttelt den Kopf.

»Das kann nicht sein, Dusty! Das ist doch vollkommener Blödsinn. Vielleicht sind die drei Tiere ja auch gar nicht alle von demselben Dieb geklaut worden, sondern es waren verschiedene Leute. Oder die Tiere sind abgehauen! Keine Ahnung, wie, aber möglich wäre es. Manchmal passieren solche Sachen, ohne dass man es erklären kann.«

Paul weiß selber, dass er Unsinn redet. Aber er will einfach nicht glauben, dass ausgerechnet Alex irgendwas mit den Diebstählen zu tun haben könnte. Und Dusty will es auch nicht glauben!

Er hat ein Ohr aufgestellt und beobachtet Paul. Als ob er darauf warten würde, dass Paul endlich mal eine vernünftige Idee hat.

Aber jetzt spitzt er plötzlich beide Ohren. Und dann drängt er an Paul vorbei und rennt so schnell die Treppe runter, dass es klingt, als wäre eine Herde Elefanten unterwegs. Okay, KLEINE Elefanten natürlich nur, die mit ihren großen Ohren längst gehört haben, dass das Abendessen fertig ist. Und die sich jetzt mit ihren langen Rüsseln die besten Brocken von den Tellern schnappen werden, wenn sich Paul nicht sehr beeilt und hinter ihnen her rennt …

»Pass bloß auf, dass du nicht anfängst, völlig durchzudrehen«, sagt Paul zu sich selbst, während er Dusty folgt.

Aber dann sitzt er mit seiner Familie am Tisch und hat keinen Hunger. Obwohl es Spaghetti gibt! Spaghetti mit gerösteten Salbeiblättern und Erdnüssen, Pauls Lieblingsessen. Aber er wickelt nur die Spaghetti auf die Gabel und starrt gedankenverloren vor sich hin, ohne einen Bissen zu essen.

»Fehlt dir irgendwas?«, fragt Pauls Mutter besorgt.

»Ich weiß nicht«, antwortet Paul. »Mir ist irgendwie komisch, ich glaube, mit meinem Magen stimmt was nicht.«

Was noch nicht mal gelogen ist! Sein Magen fühlt sich an, als würde ein dicker Stein drin liegen.

»Werd mir bloß nicht krank«, meint sein Vater. »Am Wochenende brauche ich jemanden, der mit mir in den Wald zum Förster geht, um unseren Weihnachtsbaum zu holen.«

»Wenn Paul krank wird, freut sich Dusty bestimmt!«, ruft Karlotta.

»Hä?«, machen jetzt alle anderen.

»Weil Paul dann nichts essen kann«, erklärt Karlotta ganz ernsthaft. »Und dann kriegt Dusty seine Spaghetti und seine Pizza und die Lasagne, die wir zu Weihnachten machen, und alle Plätzchen und …«

»Hör auf mit dem Blödsinn«, sagt Peter. »Was soll das denn?«

»Echt, nie darf man hier was sagen«, beschwert sich Karlotta. »Dabei wollte ich nur, dass Paul kapiert, wie blöd es wäre, jetzt krank zu werden! Ausgerechnet zu Weihnachten! Echt bescheuert. Ballaballa, plemplem, voll durchgeknallt.«

Jetzt muss Paul doch lachen. Seine kleine Schwester ist schon klasse!

»Ich liebe dich auch«, sagt er und drückt ihr einen Kuss auf die Haare.

»Iiiieh!«, kreischt Karlotta. »Voll eklig! Du bist bestimmt ansteckend!«

Sabine blickt zu Peter. »Ist es nicht schön, zwei so süße Kinder zu haben?«, fragt sie.

Wobei es Paul nicht ganz klar ist, wie sie das meint. Doch, denkt Paul, es ist klar! Er weiß nämlich, dass seine Eltern eigentlich ganz zufrieden mit ihm und Karlotta sind. Auch wenn sie manchmal von ihnen genervt sind. Aber das geht ihm und seiner Schwester umgekehrt ganz genauso. Sie sind auch manchmal genervt. Und trotzdem wissen sie, dass sie echt Glück mit Sabine und Peter gehabt haben. Es könnte auch alles ganz anders sein, wie zum Beispiel bei Lukas. Da haben sie zwar jede Menge Geld, aber nie Zeit für Lukas und seinen Bruder. Oder wie bei Alex zu Hause!

Wo es gar keinen Vater gibt und Alex' Mutter sogar abends arbeiten muss, weil sie sonst nicht genug Geld haben …

Mist! Jetzt denkt er schon wieder an Alex!

»Ich glaube, es ist am besten, wenn du wirklich gleich ins Bett gehst«, sagt seine Mutter und legt ihm ihre kühle Hand auf die Stirn. »Dein Kopf ist auch ganz heiß. Ich komme noch mal zu dir hoch und bringe dir einen Kamillentee, putz dir so lange schon mal die Zähne und zieh deinen Schlafanzug an.«

Eine Viertelstunde später hat Paul seinen Kamillentee geschlürft und noch einen Zwieback gegessen. Und seine Mutter ist noch kaum aus dem Zimmer, als ihm die Augen zufallen. Er kriegt noch nicht mal mehr mit, wie Dusty heimlich auf sein Bett klettert und sich neben Pauls Füßen zusammenrollt …

Es schneit in dicken Flocken. Und der Mond scheint und wirft eine silberne Bahn auf den glitzernden Schnee. Jetzt geht die Tür vom Tierheim auf. Alex kommt raus! Paul erkennt sie sofort, obwohl sie einen langen Weihnachtsmann-Mantel anhat und eine rote Mütze auf dem Kopf. Aber wenigstens hat sie keinen Bart, denkt Paul gerade noch, als Alex eine Flöte aus der Tasche zieht und anfängt zu spielen. Irgendeine Melodie, die Paul nicht kennt. Gleich darauf glaubt er, dass irgendwas mit seinen Augen nicht stimmen kann. Aber er irrt sich nicht! Hinter Alex kommt ein Kaninchen durch den Schnee gehoppelt, und dann eine Katze. Und hinter dem Kaninchen und der Katze kriecht eine Schildkröte her, wie ein kleiner Schneepflug! Und plötzlich ist auch noch ein Hund da. Paul kennt den Hund. Das ist Dusty! Jetzt springt Dusty an ihm hoch und will ihm übers Gesicht lecken – und Paul wird wach.

Er hat alles nur geträumt! Aber Dusty ist tatsächlich da und liegt mit der Schnauze direkt neben Pauls Gesicht auf dem Kopfkissen. Paul schiebt ihn ein Stück zur Seite. Dusty legt ihm nur die Pfote auf den Arm und schläft einfach weiter.

Paul starrt mit offenen Augen an die Zimmerdecke, während er versucht, den Gedanken wiederzufinden, der ihm gerade ganz kurz durch den Kopf gegangen ist. Das könnte tatsächlich die Lösung sein! Sabine 2 hat ja erzählt, dass sie sich Sorgen macht, weil es immer wieder Leute gibt, die zu Weihnachten Tiere verschenken, ohne irgendeine Ahnung zu haben. Und wenn Alex das mitgekriegt hat, ist sie vielleicht auf die Idee gekommen, ein paar Tiere zu retten, bevor irgendein Blödmann sie als Weihnachtsgeschenk haben will! Völlig klar, so muss es sein.

Am nächsten Morgen allerdings kommt ihm seine Idee ziemlich dämlich vor. Denn warum sollte Alex ausgerechnet eine Katze, ein Kaninchen und eine Schildkröte retten? Und für diese drei Tiere Hundefutter klauen? Es passt hinten und vorne nicht, denkt Paul, während er sein Müsli löffelt. Der Stein in seinem Magen ist zwar immer noch da, aber er hat trotzdem Hunger. Und als seine Mutter besorgt fragt, ob er sich wirklich nicht zu krank fühlt, um in die Schule zu gehen, sagt er nur: »Mir geht's wieder gut. Alles paletti!«

Was nun ganz und gar nicht stimmt, aber er will unbedingt mit Alex reden. Und diesmal wird er ihr keine Chance lassen, ihm auszuweichen. Er will ein paar Antworten von ihr. Und zwar schnell!

Aber dann ist Alex gar nicht in der Schule. Und Paul sieht sie erst, als er auf dem Nachhauseweg noch schnell in den Supermarkt geht, um ein paar Sachen mitzubringen, die seine Mutter braucht. Er kommt gerade durch den Gang mit dem Tierfutter, als er Alex entdeckt. Sie steht mit dem Rücken zu ihm und streckt die Hand aus, um eine Dose aus dem Regal zu nehmen. Eine Dose mit Hundefutter!

Er sitzt an der Tür und wartet. Und jetzt spitzt er bei jedem noch so kleinen Geräusch die Ohren. Dann hört er ein Fahrrad klappern, draußen, auf der Straße. Gleich darauf quietscht die Gartenpforte. Aber das ist nicht Paul, sondern der Briefträger. Er erkennt ihn sofort an seinen Schritten, die ganz anders klingen als die von Paul. Deshalb bellt er auch nicht, sondern schiebt sich nur ganz dicht an die Tür, genau unter den Briefschlitz. Und als der Briefträger die Klappe öffnet, springt er hoch und schnappt nach der Hand. Natürlich beißt er nicht richtig zu, das würde er nie machen, weil der Briefträger nicht gefährlich ist. Er will ihn nur ein bisschen ärgern. Und es klappt!

Der Briefträger erschrickt und zieht schnell seine Hand zurück. Dann fängt er an zu schimpfen. So laut, dass es sogar Pauls Mutter hört, die irgendwo oben im Haus ist. Aber als sie die Treppe runtergepoltert kommt, ist der Briefträger schon wieder verschwunden. Nur der Brief liegt noch auf dem Fußboden.

Pauls Mutter schüttelt den Kopf und verdreht die Augen.

»Hast du es wieder mal geschafft, den richtigen Moment abzupassen, um dem Briefträger einen Schrecken

einzujagen?«, sagt sie. »Dusty, Dusty, irgendwann kriegen wir noch mal richtig Ärger wegen dir!«

Er wedelt mit dem Schwanz und bellt kurz. Er weiß ja, dass sie nicht wirklich böse auf ihn ist, auch wenn sie gerade so tut. Aber er kann ganz deutlich sehen, wie sie die Lippen zusammenpresst, um nicht zu lachen.

Sie bückt sich, um ihm über den Kopf zu streichen.

»Du wartest auf Paul, stimmt's? Aber ich habe auch keine Ahnung, wo er heute bleibt. Er müsste längst zu Hause sein! Und ich muss auch gleich los zur Arbeit, hoffentlich kommt er noch rechtzeitig, damit Karlotta nicht allein ist.«

Jetzt nimmt sie den Brief und verschwindet in der Küche. Er legt sich wieder auf den Boden, mit dem Kopf zwischen den Pfoten, und wartet. Aber irgendwann wird es ihm zu langweilig. Also läuft er die Treppe hoch nach oben in Pauls Zimmer. Wenn er die Vorderpfoten auf das Fensterbrett stellt und den Kopf an die Scheibe drückt, kann er fast die ganze Straße sehen. Es schneit wieder. Und er kann auch die Fußspuren erkennen, die der Briefträger hinterlassen hat.

Gerade kommt Frau Besenbinder die Straße lang. Er macht kurz »wuff!«, und sie blickt hoch und winkt ihm zu. Frau Besenbinder ist nett. Obwohl sie einen Kater hat, der immer gleich einen Buckel macht und böse faucht, wenn sie sich zufällig mal am Gartenzaun treffen.

Er presst die Nase noch fester an die Scheibe, aber jetzt beschlägt das Glas, und er kann nichts mehr sehen. Es hilft auch nichts, als er mit der Zunge über die Scheibe leckt, das gibt bloß eine große Schmiererei.

Für einen Moment steht er vor Pauls Bett und überlegt, ob er sich vielleicht aufs Kopfkissen legen soll, um da auf Paul zu warten. Aber eigentlich hat er keine Lust mehr, noch länger zu warten. Er würde viel lieber irgendetwas machen, am besten draußen im Schnee. Und mit Paul! Also muss er irgendwie aus dem Haus kommen und Paul suchen. Vielleicht können sie dann ja gleich zum Rodelberg laufen!

Er trottet über den Flur, bis er vor Karlottas Tür steht. Die Tür ist nicht ganz geschlossen, deshalb kann er sie mit der Schnauze aufschieben. Karlotta sitzt auf dem Boden und spielt mit ihren beiden Kaninchen. Als die Kaninchen ihn entdecken, wedelt er freundlich mit dem Schwanz, aber sie hoppeln trotzdem sofort in ihren Käfig und verstecken sich. Kaninchen sind so doof, dass es nervt. Und er versteht auch überhaupt nicht, was Karlotta an den doofen Möhrenfressern findet!

Er geht zu Karlotta und stößt sie mit der Schnauze an.

»Ist ja gut, Dusty«, sagt sie und streichelt ihn. »Ich weiß auch nicht, warum Paul noch nicht da ist. Aber ich bin gerade dabei, mit Schneewittchen und Hans-

guck-in-die-Luft ein paar Tricks zu üben, weiß du? Das wird nämlich meine Weihnachtsüberraschung für alle, wir machen eine echte Kaninchenzirkus-Vorstellung! Aber dabei kann ich dich nicht gebrauchen, du siehst ja, dass sie Angst vor dir haben. Also geh woanders hin, um auf Paul zu warten, ja?«

Er hat nicht alles verstanden, aber es ist schon klar, dass Karlotta keine Zeit für ihn hat. Und er will ja auch gar nicht, dass sie mit ihm spielt. Er will raus, um Paul zu suchen!

Er trottet zur Tür zurück. Und dann winselt er und hebt sein Bein, als ob er an den Türrahmen pinkeln wollte.

»Mutti!«, schreit Karlotta sofort und springt auf. »Dusty muss mal! Er will gerade in mein Zimmer pinkeln!«

»Dann lass ihn bitte kurz mal raus in den Garten!«, ruft Sabine zurück. »Ich kann gerade nicht!«

»Komm mit, Dusty«, stöhnt Karlotta. »Ich mach dir die Terrassentür auf.«

Er läuft hinter ihr her nach unten.

»Echt, Mann«, beschwert sich Karlotta. »Alles muss man hier selber machen! Aber das wird alles anders, wenn ich erst mal meinen eigenen Zirkus habe. Und jetzt geh pinkeln, ich lass die Tür einfach auf, dann kannst du alleine wieder rein.«

Er läuft in den Garten hinaus. Der Schnee liegt inzwischen schon so hoch, dass er ihm bis zum Bauch reicht. Als er sich sicher ist, dass Karlotta ihn nicht mehr beobachtet, drückt er sich dicht an der Hauswand entlang zum Vordereingang. Mit einem großen Sprung setzt er über die Pforte und läuft in die Richtung, aus der Paul kommen muss. Aber egal wie sehr er aufpasst, er kann Paul nirgends entdecken. Jetzt ist er schon an der großen Straße mit der Ampelkreuzung. Er weiß, dass man warten muss, bis die Autos Rot haben und anhalten, und das grüne Licht für die Fußgänger aufleuchtet. Und genauso muss man es auch machen, wenn kein Auto kommt. Paul hat ihm das alles beigebracht!

Aber er bleibt trotzdem lieber neben einem Mann stehen, der auch über die Straße will. Und er läuft erst los, als auch der Mann losgeht.

»Wo willst du denn hin?«, fragt der Mann, als sie auf der anderen Straßenseite sind. »Hast du dich verlaufen?«

Er wedelt als Antwort kurz mit dem Schwanz, dann rennt er los, bevor der Mann ihn vielleicht festhält.

Er weiß genau, wo er jetzt ist. Von hier ist es nicht mehr weit bis zu Pauls Schule. Obwohl ihm gerade einfällt, dass Paul ja vielleicht gar nicht in der Schule ist, sondern bei Alex. Die wohnt nämlich nur ein paar

Straßen weiter. Und er war mit Paul schon so oft da, dass er den Weg bestimmt auch alleine findet!

4. Kapitel

Paul weicht ein Stück zurück, bevor Alex sich vielleicht umdreht und ihn entdeckt. Aber natürlich will er wissen, was sie da macht! Er schleicht schnell einen Gang weiter und schiebt vorsichtig die Waschmittelpackungen auseinander, bis er einen schmalen Spalt hat, durch den er Alex beobachten kann. Sie steht immer noch vor dem Regal mit dem Hundefutter und hält eine Dose in der Hand, als würde sie die Aufschrift lesen. Aber Paul sieht, wie sie dabei den Kopf nach links und rechts dreht. Und plötzlich nimmt sie ihren Rucksack vom Rücken und lässt die Dose so schnell darin verschwinden, dass sogar Paul es kaum mitkriegt.

Die Sache ist klar. Alex hat gerade eine Dose Hundefutter geklaut! Sie blickt sich noch ein paar Mal um, dann läuft sie in Richtung Kasse. Paul bleibt so dicht hinter ihr, wie es geht, ohne dass sie ihn bemerkt.

An der Kasse ist niemand außer der Kassiererin. Alex nimmt ein Päckchen Kaugummi aus dem Regal, legt es auf das Transportband und zieht schon ihr

Portemonnaie aus der Tasche. Im selben Moment entdeckt Paul den Typen, der an der Eistruhe steht. Ein Typ, der keinen Mantel oder eine warme Jacke anhat, sondern nur einen Anzug. Und außerdem trägt er ein Paar blank geputzte Schuhe, mit denen er garantiert keinen Meter draußen im Schnee war!

Paul sieht auch sofort, dass er nur so tut, als ob ihn das Eis interessieren würde. In Wirklichkeit beobachtet er nämlich Alex! Der Typ ist ein Ladendetektiv, da ist sich Paul ganz sicher. Und als Alex jetzt ihr Geld abzählt, setzt er sich mit langen Schritten in Bewegung, um sie festzuhalten.

Aber Paul ist schneller!

Er drängt sich an dem Typen vorbei und ruft laut: »Warte, Alex, lass dein Geld stecken! Das Hundefutter zahle ich selber, und die Kaugummis schenke ich dir. Aber dafür trägst du die Dose dann auch bis nach Hause, okay?«

»Welches Hundefutter?«, will die Kassiererin irritiert wissen.

»Das hat meine Freundin noch im Rucksack«, sagt Paul schnell. »Weil wir vergessen haben, uns einen Einkaufskorb zu nehmen. Sorry!«

Alex starrt ihn nur an, als würde sie ein Gespenst sehen. Paul versucht, mit dem Kopf auf den Detektiv zu zeigen, der dicht hinter ihm steht und gerade überhaupt nichts mehr kapiert. Bevor Alex irgendetwas Falsches sagen kann, greift Paul nach ihrem Rucksack und zieht die Dose mit dem Hundefutter hervor. Aber gerade als er sie auf das Band stellen will, spürt er die Hand des Ladendetektivs auf seiner Schulter.

»Moment mal, so haben wir nicht gewettet! Gib mir sofort die Dose.«

»Wieso?«, fragt Paul möglichst unschuldig.

»Weil das Mädchen sie gerade stehlen wollte, ich habe alles beobachtet.«

»Was?«, macht Paul empört. »Geht's noch? Wie kommen Sie denn darauf? – He, Alex, jetzt sag du doch auch mal was!«

Paul sieht, wie Alex' Unterlippe anfängt zu zittern. Und als sie antwortet, klingt ihre Stimme heiser, als hätte sie Mühe, überhaupt einen Ton rauszubringen.

»Es stimmt, was Paul sagt. Wir hatten keinen Einkaufskorb, deshalb habe ich die Dose in meinen Rucksack gesteckt. Aber ich wollte sie gerade herausholen, um zu bezahlen.«

»Ich glaub euch kein Wort«, erklärt der Ladendetektiv sauer. »Ihr lügt! Und jetzt kommt ihr schön mit ins Büro und wir holen die Polizei.«

Inzwischen sind noch ein paar andere Leute mit ihren Einkäufen an die Kasse gekommen.

»Die beiden haben gerade versucht zu klauen!«,

hört Paul sie aufgeregt tuscheln. »Aber sie sind erwischt worden. Und jetzt wird die Polizei geholt!«

»Das stimmt doch alles überhaupt nicht«, sagt Paul und merkt, wie ihm der Schweiß ausbricht. Aber er muss jetzt alles auf eine Karte setzen, das ist ihre einzige Chance, sonst haben sie ein Problem! Er holt sein Handy aus der Jackentasche und ruft schnell das Foto von Dusty auf. Sein Lieblingsfoto, das er immer zeigt, wenn irgendjemand wissen will, wie sein Hund aussieht. Und das Foto ist echt klasse – Dusty sitzt auf einer Wiese, er hat den Kopf schräg gelegt und blickt in die Kamera, ein Ohr gespitzt und das andere abgeknickt, als würde er sagen wollen: *Hallo, Kumpel! Was läuft?*

Paul hält das Handy mit dem Foto hoch, ohne sich um den Ladendetektiv zu kümmern, und ruft den Leuten zu: »Hier, das ist Dusty, mein Hund. Er ist so ziemlich der schlaueste Hund auf der Welt! Und Alex und ich sind gerade auf dem Weg von der Schule nach Hause, um mit Dusty rauszugehen. So wie jeden Nachmittag. Aber wir haben heute Morgen gemerkt, dass wir kein Hundefutter mehr im Hause haben, deshalb hat mich meine Mutter gebeten, schnell noch eine Dose mitzubringen. Das ist alles, mehr ist überhaupt nicht gewesen. Aber natürlich wollten wir die Dose nicht klauen, das wäre ja auch schön blöd, schließlich hat meine Mutter mir extra Geld mitgegeben!«

Mit der anderen Hand zeigt er auf sein Portemonnaie.

»Alles Quatsch«, brummt der Ladendetektiv neben ihm, aber jetzt drängen sich die Leute neugierig näher, um das Bild von Dusty besser sehen zu können, und schieben den Detektiv einfach zur Seite.

»Süüüß!«, ruft eine Frau. »Guckt doch mal, wie der guckt!«

»Das ist wirklich ein schöner Hund!«, sagt ein Mann. »Ich hab selber auch einen, ich weiß, wovon ich rede. Meiner ist übrigens ein Terrier und wird nächste Woche schon zehn!«

»Und wie gepflegt der aussieht«, sagt eine andere Frau. »So sieht nur ein Hund aus, der es richtig gut hat, das ist ja wohl klar.« Dann runzelt sie plötzlich die Stirn und tippt dem Ladendetektiv mit dem Zeigefinger auf die Brust: »Und jetzt sag ich Ihnen mal was! Wer so einen gepflegten Hund zu Hause hat, der klaut kein Futter. Also lassen Sie die Kinder jetzt gefälligst bezahlen und gehen, damit der Hund nicht noch länger auf sein Futter warten muss. Haben Sie mich verstanden?«

»Genau!«, mischt sich der Mann mit dem Terrier noch mal ein. »Der Hund muss sein Fressen nämlich pünktlich kriegen! Ich weiß das, weil ich ja selber einen habe. Einen Terrier!«

»Aber …«, stottert der Ladendetektiv. Dann hebt er die Hände und tritt einen Schritt zurück.

»Na bitte, geht doch«, sagt der Terrier-Mann nur und schiebt Paul an die Kasse.

Während die Leute hinter ihm weiterreden, bezahlt Paul das Hundefutter und die Kaugummis.

»Auf Wiedersehen«, sagt er dann höflich zu der Kassiererin.

Als sie ihm kurz zuzwinkert, ist er sich nicht sicher, ob sie das Ganze nicht genau durchschaut hat. Aber es ist egal, Hauptsache, sie sind noch mal davongekommen!

»Ich werde ein Auge auf euch haben, falls ihr hier noch mal auftaucht!«, ruft der Ladendetektiv noch hinter ihnen her, aber da sind sie schon fast zur Tür raus.

Und dann stehen sie auf dem Parkplatz und Alex sagt leise: »Danke, dass du mir geholfen hast.«

»Das war echt knapp«, nickt Paul. »Und auch nicht besonders schlau von dir. Ich meine, es ist doch klar, dass die da einen Detektiv im Laden haben. Und außerdem gibt es überall Kameras! Aber was willst du überhaupt mit der Dose? Ihr habt doch gar keinen Hund …«

Alex zuckt mit der Schulter. »Geht dich nichts an!«

Als sie sich einfach umdrehen will, hält Paul sie am Arm fest. »Nee du, jetzt warte mal! Ich will erst eine richtige Antwort von dir. Und ich glaube, das habe ich auch verdient, nachdem ich für dich gerade so viel gelogen habe wie im ganzen letzten Jahr nicht! Also, jetzt sag schon, bitte!«

Wieder hat er das Gefühl, dass Alex' Unterlippe zittert. Und als sie antwortet, blickt sie ihn auch nicht an, sondern schiebt mit den Gummistiefeln den Schneematsch vor ihren Füßen zu einem kleinen Haufen zusammen.

»Ist für den Hund von unserer Nachbarin. Weil die ... krank ist. Sie liegt im Krankenhaus, kapierst du? Und ich kümmere mich um ihren Hund«, setzt sie noch hinzu.

»Echt?«, fragt Paul. »Wusste ich ja gar nicht, dass eure Nachbarin einen Hund hat. Davon hast du nie irgendwas gesagt.«

»Der Hund ist ja auch noch neu. Sie hat ihn noch nicht lange. Und dann musste sie auch gleich ins Krankenhaus.«

Irgendwas stimmt an der Geschichte nicht, denkt Paul. Aber er ist froh, dass Alex überhaupt mal wieder mit ihm redet! Und selbst wenn sie ihn gerade anlügt, ist das immer noch besser als das nervtötende Schweigen von vorher.

»Ich geh dann jetzt mal«, sagt Alex.

»Klar«, meint Paul. »Aber ich hab sowieso nichts zu tun, also kann ich dich auch bis nach Hause bringen.«

»Jetzt hör mal zu, Paul«, sagt Alex. »Das war echt nett eben von dir da im Supermarkt, also danke noch mal. Aber den Weg nach Hause finde ich auch alleine, also nerv mich nicht und lass mich in Ruhe.«

Ohne Tschüss oder sonst noch was zu sagen, dreht sie sich um und läuft los.

Paul starrt noch einen Moment ratlos hinter ihr her. Bis er einen Entschluss gefasst hat!

Er muss rennen, um sie wieder einzuholen. Und als er neben ihr ist, blickt sie kaum hoch, sondern sagt nur: »Du nervst!«

»Du auch!«, erwidert Paul. »Aber ich kapiere es noch nicht! Das Hundefutter ist also für den Hund von eurer Nachbarin, okay, aber sie hat dir kein Geld für Futter gegeben oder weshalb …«

»Sie hat nicht so viel Geld. Und mein Taschengeld reicht auch nicht.«

Paul überlegt einen Moment, während er neben ihr herläuft.

»Hast du deshalb auch das Hundefutter im Tierheim geklaut? Warst du das?«

»Quatsch.«

»Aber wieso arbeitest du da überhaupt?« Paul lässt nicht locker. »Und warum willst du nicht, dass das irgendjemand weiß? Was ist überhaupt los mit dir? Ich meine, du redest mit keinem mehr, und du kommst mich nicht mehr besuchen, und überhaupt: Irgendwas stimmt doch nicht! Sind wir jetzt eigentlich noch Freunde oder nicht?«

Alle Fragen, die er sich in den letzten Tagen gestellt hat, sprudeln nur so aus ihm heraus. Und er merkt, dass er langsam die Geduld verliert, als Alex immer noch nicht antwortet.

»He, Alex! Jetzt sag doch endlich mal was!«

»Du kapierst es echt nicht, oder?«

»Sieht ganz so aus, ja.«

Alex bleibt so unvermittelt stehen, dass Paul schon einen Schritt weiter ist, als sie sagt: »Ich hab keine Lust mehr, mit dir oder den anderen rumzuhängen. Ich hab auch keine Lust mehr auf das ganze Gequatsche, wer sich was zu Weihnachten wünscht und bei wem es die größere Feier gibt und wie viel ihr da esst und wer den besten Weihnachtsbaum hat! Das interessiert mich alles nicht. Ich will einfach mal was ohne irgendwelche anderen Leute machen, nur für mich, klar?«

»Nicht wirklich, nein. Eigentlich überhaupt nicht, weil … weil …«

Paul kommt ins Stottern. Was Alex ihm da alles an den Kopf geknallt hat, ist verdammt unfair, findet er!

»Weil, weil«, macht ihn Alex nach. »Lass gut sein, Paul. Wenn ich wegen irgendetwas mal deine Hilfe brauche, sage ich dir schon Bescheid. Aber so lange lass mich bitte einfach in Ruhe, ja? Und außerdem sind wir jetzt bei mir zu Hause und du kannst wieder gehen. Grüß Dusty schön von mir, Tschüss!«

»Du spinnst doch, aber echt!«, kriegt Paul gerade noch raus, als Alex schon ihren Schlüssel aus der Tasche zieht und die Haustür aufschließt.

Alex und ihre Mutter wohnen gleich im Erdgeschoss, und als Paul jetzt plötzlich das laute Bellen hört, denkt er im ersten Moment, dass das bestimmt der Hund aus der Nachbarwohnung ist. Aber das Bellen kommt nicht aus dem Haus, sondern von der Straße. Und außerdem kennt Paul nur einen Hund, der so aufgeregt bellt, wenn er sich freut …

Gleich darauf jagt Dusty auf ihn zu. Winselnd springt er an Paul hoch, um dann weiter zu Alex zu rennen und sich vor ihr auf den Boden zu werfen, damit sie ihn streichelt.

»Dusty!«, ruft Paul überrascht. »Was machst du denn hier? Bist du etwa abgehauen, um mich zu suchen?«

Alex bückt sich nur ganz kurz und krault Dusty das

Fell, dann dreht sie sich zu ihrer Wohnungstür auf der linken Seite vom Treppenhaus.

»Tut mir leid, Dusty«, sagt sie leise. »Aber ich habe heute keine Zeit für dich, deshalb darfst du auch nicht mit rein! Geh zu Paul, jetzt mach schon!«

Sie versucht, Dusty mit dem Fuß wegzuschieben, während sie die Tür zu ihrer Wohnung öffnet. Aber Dusty ist schneller! Mit einem Satz springt er auf und drängt sich an Alex vorbei.

»Nicht!«, ruft Alex. »Komm sofort zurück, du darfst heute nicht in unsere Wohnung. Hierher, Dusty!«

Irgendwas ist in der Wohnung, denkt Paul. Und Alex will auf keinen Fall, dass wir es sehen.

Er rennt sofort in die Küche. Er weiß ja, wo der Kühlschrank ist. Und er versteht überhaupt nicht, warum Alex so sauer ist, als sie ihn jetzt am Halsband packt und einfach aus der Küche zerrt.

Vielleicht hat sie heute keine Würstchen, denkt er, aber dann hätte sie ihm wenigstens die Möhre geben können, die auf dem Tisch liegt. Er mag nämlich auch Möhren, und manchmal klaut er Karlottas Kaninchen welche, wenn sie gerade nicht aufpasst …

»He, was soll das?«, regt sich Paul jetzt auf. »Dusty hat dir nichts getan! Wenn du sauer bist, dann mach das mit mir aus.«

Alex lässt ihn los und dreht sich zu Paul. Und dann streiten sie sich! Alex und Paul. Sie brüllen sich an und fuchteln mit den Händen in der Luft herum. Und ihre Köpfe sind schon ganz rot, und ihre Stimmen klingen so böse, dass er nur den Schwanz einzieht und sich duckt, falls es irgendwas mit ihm zu tun hat. Aber sie beachten ihn gar nicht! Auch nicht, als er dann versucht, sich zwischen sie zu drängen, damit sie endlich wieder aufhören zu schreien.

Plötzlich stürmt Alex an ihm vorbei ins Wohnzimmer. Sie reißt die Türen von dem großen Schrank auf, und sie zieht die Schubladen raus, und Paul läuft immer nur hinter ihr her, auch als sie dann ins nächste Zimmer rennt und wieder alle Schränke aufmacht. Und sogar die Decke vom Bett zerrt und das Kopfkissen, und dann den Teppich hochhebt, als würde sie irgendwas suchen. Aber da ist nichts außer ein bisschen Staub.

Er kapiert überhaupt nichts mehr. Und er ist fast froh, als Alex sich endlich im Flur an die Wand lehnt und vor sich auf den Boden starrt. Aber gleich darauf sieht er, wie ihre Schultern zucken – sie weint!

Paul hat es auch gesehen.

Er kommt jetzt und führt sie vorsichtig zum Sofa. Alex schluchzt so laut, dass Paul sie die ganze Zeit nur ratlos anguckt. Fast so, als würde er auch gleich anfangen zu weinen.

Was Alex natürlich auch nicht hilft! Deshalb schleicht er sich ganz leise zu ihr und wedelt mit dem Schwanz. Dann legt er ihr die Schnauze aufs Knie und blickt sie von unten her an. Bis sie die Hand ausstreckt und er spürt, wie sich ihre Finger in sein Nackenfell graben. Als wollte sie sich an ihm festhalten!

Er bleibt ganz still stehen. Und Alex beugt sich vor und drückt ihr Gesicht gegen seinen Kopf. Ihre Tränen sickern in sein Fell, und ihre Haare kitzeln ihn an der Schnauze.

Aber er rührt sich immer noch nicht, er schiebt sich nur noch dichter an Alex heran.

»Dusty«, flüstert sie. »Dusty ...«

5. Kapitel

Paul hat Alex noch nie so erlebt. Und ihre Verzweiflung jetzt ist fast noch schlimmer als der Moment davor. Als sie so total ausgeflippt und vor ihm her durch die Wohnung gerannt ist, während sie immer nur gebrüllt hat: »Okay, wenn du mir nicht glaubst, dann guck doch selber nach, ob du hier irgendwo eins von den geklauten Tieren findest! Du kannst auch im Schrank gucken, ob da vielleicht das Kaninchen hockt. Oder hier, vielleicht ist es ja in der Schublade! Nein, schade, da ist es nicht. Aber bestimmt habe ich die Katze im Bett versteckt, ist ja logisch, wo sonst? Mist! Sie muss abgehauen sein. So was Blödes aber auch! Ich hoffe, wenigstens die Schildkröte ist noch da. Warte mal, die habe ich doch heute Morgen unter den Teppich geschoben, wo ist sie denn? Sie muss doch irgendwo sein!«

Und immer so weiter. Bis sie plötzlich angefangen hat zu heulen. Und Dusty gekommen ist, um sie zu trösten. Paul ist ein bisschen stolz auf Dusty, aber während er hofft, dass sich Alex jetzt wieder beruhigt, jagen die Gedanken durch seinen Kopf. Ungefähr so wie ein paar Kurierlaster, die nicht wissen, wo sie hinsollen. Irgendwas stimmt nicht mit Alex. Und er glaubt langsam, dass es vielleicht gar nichts mit den Diebstählen im Tierheim zu tun hat.

Ganz vorsichtig legt er Alex die Hand auf den Rücken. Und sie wehrt ihn nicht ab, aber er spürt deutlich, wie sie immer noch zittert.

»Okay«, sagt er leise. »Es tut mir leid. Ich habe ja auch gar nicht wirklich geglaubt, dass du der Dieb bist. Es war nur, weil ... als du nicht wolltest, dass wir mit in die Wohnung kommen, da habe ich gedacht ...« Er seufzt. »Es tut mir leid«, wiederholt er noch mal. »Das war doof von mir, ich weiß.«

Alex antwortet nicht. Aber wenigstens hat sie aufgehört zu schluchzen. Sie schnieft nur noch manchmal.

Paul überlegt, was er als Nächstes sagen könnte. Vielleicht ist es besser, wenn sie erst mal über irgendwas anderes reden. Und er so tut, als hätte er schon vergessen, dass Alex gerade ausgeflippt ist.

»Du hast mir doch von diesem Hund erzählt«, setzt er an. »Von eurer Nachbarin, die im Krankenhaus liegt. Und wegen dem du das Futter geklaut hast. Sollten wir nicht vielleicht mal rüber in die Wohnung und ihm was zu fressen geben? Er wartet doch bestimmt schon auf dich.«

»Er ist nicht da«, antwortet Alex so leise, dass Paul sie kaum verstehen kann. Aber klar, denkt er gleich darauf, blöd von mir, natürlich ist der Hund nicht da, sonst hätte er ja gebellt, als er Alex gehört hat.

»Ist klar«, sagt er.

»Gar nichts ist klar«, kommt es von Alex. Und dann richtet sie sich so plötzlich auf, dass Dusty erschreckt zusammenzuckt.

»Ich hab gelogen«, sagt Alex und blickt Paul zum ersten Mal direkt in die Augen. »Also ich meine, es gibt den Hund wirklich, und ich führe ihn auch manchmal spazieren und so, und ich wollte ihm nur eine Freude machen mit dem Futter, das ist alles. Aber … es gibt auch andere Leute, die sich um ihn kümmern, deshalb ist er gerade nicht da.«

Sie lässt Pauls Augen nicht los, als wollte sie ihn zwingen, ihr zu glauben, dass sie die Wahrheit sagt. Aber im selben Moment hat Paul gerade einen fürchterlichen Verdacht! Er weiß ja, dass Alex und ihre Mutter nicht viel Geld haben, und vielleicht ist es so wenig, dass Alex das Hundefutter geklaut hat, um es selber zu essen! Er erinnert sich gerade daran, wie sie zu Hause schon mal darüber geredet haben, dass es Leute gibt, die Hunde- oder Katzenfutter essen, weil es billiger ist und sie sich nichts anderes leisten können. Und dazu würde auch passen, dass er vorhin in der Küche ein paar Abfälle auf dem Tisch gesehen hat! Kartoffelschalen und Salatblätter und eine verschrumpelte Mohrrübe. Wenn das wirklich wahr ist, was er gerade denkt, dann ist alles noch viel schlimmer, als er bisher geglaubt hat.

»Isst du eigentlich immer mit deiner Mutter zusammen oder wie macht ihr das bei euch?«, platzt er mit seiner Frage raus, ohne lange zu überlegen.

»Hä?«, macht Alex. »Was soll das denn jetzt?«

»Ich meine ja nur, weil deine Mutter doch den ganzen Tag arbeitet und manchmal auch noch nachts. Hast du doch selber erzählt. Oder ist das nicht mehr so? Hat sie inzwischen einen besseren Job gefunden?«

Er merkt selber, dass er nur so vor sich hinredet, weil er sich nicht traut, Alex das zu fragen, was er eigentlich wissen will. Aber er kapiert noch nicht ganz, warum sie jetzt wieder anfängt zu weinen, kaum dass er nach ihrer Mutter gefragt hat.

»Ich habe doch erzählt, dass unsere Nachbarin im Krankenhaus liegt«, schluchzt Alex.

Im gleichen Moment fällt es Paul wie Schuppen von den Augen. Es geht überhaupt nicht um die Nachbarin!

»Das stimmt gar nicht, oder?«, fragt er, während er heftig schluckt. »Nicht eure Nachbarin ist im Krankenhaus, sondern deine Mutter, richtig? Und deshalb bist du auch die ganze Zeit schon … so anders!«

Alex nickt nur, während ihr die Tränen übers Gesicht laufen.

»Was hat sie?«, fragt Paul leise. »Ist es was Schlimmes?«

Es dauert eine ganze Weile, bis er die ganze Geschichte aus Alex herausbekommt. Als Alex vor zwei Wochen aus der Schule nach Hause gekommen ist, lag ihre Mutter auf dem Boden vor dem Sofa und hat sich nicht mehr gerührt. Alex hat den Notarzt angerufen, und dann ist Alex' Mutter mit dem Rettungswagen ins Krankenhaus gebracht worden. Sie ist auch wieder bei Bewusstsein, aber total schwach. Und die Ärzte haben keine Ahnung, was ihr fehlt. Aber sie machen immer noch neue Untersuchungen, weil sie natürlich hoffen, dass sie etwas finden, um ihr helfen zu können.

»Inzwischen wissen wir auch, dass sie nicht zum ersten Mal umgefallen ist«, berichtet Alex stockend. »Das ist schon öfter passiert, sie hat nur nichts gesagt, weil sie nicht wollte, dass ich mir Sorgen mache. Und weil sie ja auch arbeiten musste! Weil wir das Geld brauchen, und weil sie Angst hatte, dass sie ihren Job verliert, wenn sie sich krankmeldet. Aber im Krankenhaus haben sie gesagt, dass sie total erschöpft ist, und selbst wenn sie keine andere Krankheit hat, dann reicht das schon. Und es wird länger dauern, bis sie wieder nach Hause darf.«

Paul streicht ihr ganz sacht über den Arm.

»Jetzt kapiere ich so einiges! Und deshalb arbeitest du auch als Aushilfe im Tierheim, um ein bisschen was dazuzuverdienen. Du kriegst auch Geld dafür, dass du diesen Hund ausführst, richtig?«

Alex zögert einen Moment, aber dann nickt sie.

»Und Weihnachten?«, fragt Paul. »Ist deine Mutter dann wieder zu Hause?«

»Wahrscheinlich nicht, haben die Ärzte gesagt.« Alex schnieft. »Und ich weiß nicht, was ich machen soll. Ich hab echt Angst, alleine hier zu sitzen.«

»He, bist du doof oder was? Mann, Alex, das ist doch wohl klar, dass du dann zu uns kommst! He, Dusty, jetzt sag ihr, dass das klar ist!«

Dusty bellt und springt neben Alex aufs Sofa, um ihr übers Gesicht zu lecken.

»Das ist echt nett von dir, Paul, dass du das sagst«, flüstert Alex, während sie Dusty in den Arm nimmt und ihn fest an sich drückt. »Aber bestimmt muss ich ja die ganze Zeit heulen und an meine Mutter denken! Ich weiß nicht, ob ich wirklich komme.«

»Aber ich weiß es«, erklärt Paul. »Und du kannst auch vorher schon bei uns auftauchen. Wann immer du willst! Wir freuen uns, wenn wir … für dich mitkochen können. Du weißt ja, dass Sabine ziemlich gut kocht. Aber sogar mein Vater kriegt ein paar Sachen hin, die nicht schlecht sind. Und außerdem kannst du immer sagen, was du haben willst, dann machen wir das für dich.«

Alex wischt sich die Tränen von den Wangen und blickt Paul zweifelnd an.

»Was ist?«, fragt Paul. »Glaubst du mir nicht, oder was?«

»Sag mal, Paul, du denkst doch nicht ernsthaft …«

»Was?«

»Dass ich hier zu Hause verhungere und deshalb … das Hundefutter klauen wollte, um es selber zu essen?«

»Nee, natürlich nicht«, antwortet Paul schnell und merkt, wie er rot wird, weil Alex ihn durchschaut hat.

»He!«, sagt sie jetzt. »Ich gehe jeden Tag nach der Schule ins Krankenhaus und kriege da was zu essen. Und abends mache ich mir alleine was, genauso wie zum Frühstück. Du kannst gerne im Kühlschrank nachsehen, der ist nämlich voll.«

»Okay. Ich meine …«

»Gut, dass wir drüber geredet haben?«

Paul grinst. »So ungefähr, ja. Aber es wäre trotzdem schön, wenn du wenigstens ab und zu mal bei uns auftauchen würdest. Meine Mutter hat auch schon nach dir gefragt.«

»Ich komme, wenn ich Zeit habe, okay? Aber Krankenhaus ist wichtiger! Und mein Job im Tierheim.«

»Apropos Tierheim! Hast du irgendeine Ahnung …«

»Wer die Tiere geklaut hat? Nee, null. Aber ich schätze mal, es war irgendjemand von den Besuchern. Es ist gar nicht weiter schwierig, die brauchen nur zu zweit da auftauchen, einer lenkt den Pfleger ab und der andere stopft sich das Tier schnell unter die Jacke oder in einen Rucksack. Und das war's! Merkt keiner. Oder erst, wenn es zu spät ist.«

»Könnte sein«, meint Paul. Obwohl er nicht gerade überzeugt ist. Aber im gleichen Moment hat er eine Idee, was er machen muss. Und dann wird sich ja rausstellen, ob Alex wirklich recht hat!

Er ist froh, dass Paul und Alex endlich wieder ganz normal miteinander reden. Obwohl er spürt, dass mit Alex trotzdem irgendwas nicht stimmt. Sie ist nicht nur traurig, sondern da ist noch was anderes! Aber er hat keine Ahnung, was es ist.

Als sich Paul von Alex verabschiedet, rennt er schnell noch mal in die Küche. Und tatsächlich kommt Alex hinter ihm her, aber diesmal ist sie nicht sauer, sondern gibt ihm ein Würstchen aus dem Kühlschrank. Also ist doch alles in Ordnung mit ihr, denkt er.

Zufrieden schlingt er das Würstchen mit zwei Bissen hinunter, dann schnüffelt er nur noch kurz an dem Sack mit den Möhren, der in der Ecke neben dem Tisch steht, und folgt Paul schwanzwedelnd zur Tür hinaus und raus auf die Straße.

»Alles ist wieder gut, Dusty«, sagt Paul zu ihm. »Also eigentlich nicht gut, aber zumindest wissen wir jetzt, was los ist. Und wir müssen uns um Alex kümmern, kapiert? Los, komm, gib mir fünf!«Paul beugt sich zu ihm und streckt die Hand vor.

Und er macht kurz »wuff« und drückt die Pfote in Pauls Hand.

Er hat zwar nicht genau verstanden, was Paul er-

zählt hat, aber das ist völlig egal, weil Paul so gute Laune hat, dass sie sogar noch kurz einen Abstecher zum Rodelberg machen!

Lukas und ein paar andere sind auch da, und Lukas hat einen Plastikrodel, der zwar ein bisschen komisch aussieht, aber mit dem man trotzdem den Berg runterrutschen kann. Das Ding ist nur leider so klein, dass sie nicht zu zweit draufpassen. Weshalb ihn Paul alleine fahren lässt!

Er muss ganz schön aufpassen, dass er das Gleichgewicht hält und nicht runterfällt, aber er schafft es. Und als er unten ankommt, klatschen alle Beifall.

Dann ruft Paul: »Bring den Schlitten wieder hoch!«

Er kapiert sofort, was Paul will, und zerrt das Ding hinter sich her zurück auf den Berg.

»Bravo!«, rufen Lukas und die andern. »Echt cool, Dusty! Super!«

Paul holt sein Handy aus der Tasche und sagt: »Los, gleich noch mal, Dusty! Das muss ich filmen.«

Also springt er wieder auf das Plastikding. Und diesmal weiß er ja schon, wie es geht, und er wird so schnell, dass seine Ohren im Fahrtwind flattern und er vor Aufregung laut anfängt zu bellen! Und er ist schon fast unten, als er den Mann sieht, der da plötzlich mitten im Schnee steht und gerade noch zur Seite springen kann, bevor das Plastikding an ihm vorbeisaust.

Im ersten Moment erkennt er den Mann gar nicht, weil der eine komische Mütze aufhat und sein Schal fast das ganze Gesicht verdeckt, sodass man nur noch die Augen sieht.

Aber gleich darauf weiß er, wer da steht und alles andere als gute Laune zu haben scheint. Genauso wie er weiß, dass es jetzt Ärger gibt! Weil er vorhin zu Hause abgehauen ist. Und dann sieht er auch das Mädchen, das ihm laut zuruft: »Das ist voll gemein! Und ich lass dich nie wieder in den Garten, das kannst du vergessen. Den Trick merke ich mir. Und beim nächsten Mal falle ich nicht mehr drauf rein!«

6. Kapitel

»Das ist gemein«, regt sich Karlotta immer noch auf, als sie zusammen durch den Schnee nach Hause stapfen. »Voll gemein! Ich wäre nämlich auch gerne rodeln gegangen. Nie darf ich mit, wenn ihr irgendwas Gutes macht. Aber ihr habt selbst Schuld, wenn ich euch jetzt nichts zu Weihnachten schenke. Das habt ihr dann davon.«

»Hör auf, Karlotta«, bittet Paul seine kleine Schwester. »Du hast ja recht und es tut mir leid. Aber ich kann alles erklären!«

Er blickt zu seinem Vater, der bislang kaum etwas gesagt hat. Und Paul weiß, dass das schlimmer ist, als wenn er laut geschimpft hätte!

Aber Peter hat nur gesagt: »Los, komm nach Hause, sofort! Ich fürchte, wir beide müssen mal ein ernstes Wort miteinander reden.«

»Kann ich vielleicht erklären, was los war?«, fragt Paul und bleibt einfach stehen. Weil er keine Lust hat, jetzt weiter schweigend durch den Schnee zu stapfen, während er genau weiß, dass sein Vater sauer auf ihn ist.

»Ich höre«, sagt Peter.

Paul holt tief Luft. »Also eigentlich bin ich nach der Schule nur deshalb nicht gleich nach Hause gekommen, weil ich Mutti versprochen hatte, noch schnell ein paar Sachen aus dem Supermarkt mitzubringen. Klopapier und … Oh Mist!«, ruft er im nächsten Moment. »Und die Sachen habe ich völlig vergessen! Obwohl ich ja im Supermarkt war, aber dann …«

»Hä?«, unterbricht ihn Karlotta. »Wie jetzt? Bist du ein bisschen doof, oder was?«

»Lass ihn ausreden, Karlotta«, sagt Peter. »Also, du warst im Supermarkt …«

»Ja! Und da habe ich Alex gesehen! Also, Alex war nämlich nicht in der Schule, und ich habe gedacht, dass sie vielleicht krank ist oder so, aber dann war sie im Supermarkt und wollte Hundefutter klauen!«

»Hä?«, macht Karlotta wieder. »Alex hat doch überhaupt keinen Hund!«

»Mann, Karlotta, wenn du jetzt nicht aufhörst, kriege ich meine Geschichte nie zu Ende erzählt.«

»Echt, jetzt bin ich plötzlich wieder schuld!«, erwidert Karlotta beleidigt. »Okay, ich sage kein Wort mehr. Aber Alex hat trotzdem keinen Hund!«

Paul braucht jedenfalls eine ganze Weile, bis er alles so erzählt hat, dass sein Vater und Karlotta es auch kapieren.

»Aber da ist noch was«, setzt er zum Schluss zögernd hinzu. »Ich habe Alex eingeladen, dass sie Weihnachten zu uns kommen kann, damit sie nicht so alleine ist. Ich hoffe, ihr habt nichts dagegen …«

»Karlotta, was sagst du dazu?«, fragt sein Vater.

Karlotta tut so, als müsste sie erst überlegen. »Das geht schon«, sagt sie dann. »Aber nur unter einer Bedingung. Dass sie mich mit ins Tierheim nimmt!«

»Ich frag sie«, erwidert Paul. »Aber das macht sie bestimmt. Und du?«, dreht er sich dann zu seinem Vater. »Was sagst du dazu?«

»Ich will nicht ins Tierheim.«

»Nein, ich meine doch, wegen Weihnachten und so?«

Sein Vater legt ihm beide Hände auf die Schultern und blickt ihn kopfschüttelnd an. »Jetzt hör mir mal gut zu, mein Großer. Ich bin ein bisschen enttäuscht von dir, dass du mich das wirklich fragst. Natürlich feiert Alex Weihnachten bei uns, das ist ja wohl völlig klar! Und eure Mutter wird das ganz genauso sehen. Aber ich glaube, eine Sache solltest du dir jetzt ein für alle Mal merken, Paul! Wenn es wieder mal irgendwas gibt, worüber du dir Sorgen machst, dann rede gefälligst mit uns! Wenn du uns gleich erzählt hättest, dass sich Alex so merkwürdig verhält, dann wäre uns zusammen vielleicht auch schon viel eher eingefallen, wie wir das Problem lösen können. Es ist immer einfacher, wenn man über solche Dinge spricht, statt sie alleine mit sich rumzuschleppen.«

»Echt«, erklärt Karlotta. »Manchmal weiß ich wirklich nicht, was in deinem Kopf so vor sich geht!«

Das ist natürlich ein Spruch von ihrer Mutter, über den sich Paul schon oft genug geärgert hat. Aber jetzt boxt er Karlotta nur leicht gegen den Arm, damit sie nicht merkt, dass er eigentlich lachen muss. Gleich darauf greift er nach Peters Hand und drückt sie ganz fest.

»Okay«, sagt er leise. »Ich hab's kapiert. Und ich bin froh, dass ich euch als Eltern habe. Ich bin sogar froh, dass es Karlotta gibt«, setzt er noch grinsend hinzu. »Obwohl sie sich langsam mal angewöhnen könnte, einfach still zu sein, wenn sich Erwachsene miteinander unterhalten.«

»Haha«, macht Karlotta nur. »Außer Papa sehe ich aber keine Erwachsenen hier.«

Aber dann sind sie erst ein paar Schritte weiter, als Paul schon wieder anhält. Weil ihm gerade ein Gedanke gekommen ist, der ihm richtig Angst macht.

»Sag mal, wegen Sabine, also ich meine, weil doch Alex' Mutter, also weil Alex gesagt hat …«

»Ganz langsam«, beruhigt ihn sein Vater. »Fang noch mal von vorne an. Was willst du fragen?«

»Alex' Mutter ist doch wahrscheinlich krank geworden, weil sie die ganze Zeit immer nur gearbeitet hat. Bis sie so erschöpft war, dass es nicht mehr ging. Aber Sabine arbeitet auch total viel! Und wenn sie Nachtdienst gehabt hat, ist sie am nächsten Tag auch immer völlig fertig. Meinst du, dass es passieren könnte, dass sie ...«

Er beendet seinen Satz nicht, aber sein Vater hat ihn auch so verstanden.

»Ich glaube nicht«, antwortet er ganz ernsthaft. »Natürlich arbeitet Sabine viel, aber sie hat eine feste Anstellung und muss sich nicht ständig Gedanken darüber machen, wo sie das Geld zum Leben herbekommt. Außerdem bin ich ja auch noch da! Aber Alex' Mutter muss das alles alleine hinkriegen, das ist ein großer Unterschied! Trotzdem kann jeder krank werden, deshalb müssen wir versuchen, möglichst gut aufeinander aufzupassen.«

Paul nickt nur. Und auch Karlotta sagt diesmal nichts. Aber als sie weiterlaufen, schiebt sie ihre kleine Hand in Pauls und hält sie ganz fest.

Irgendwie ist Paul plötzlich ganz leicht zumute. Die Sache mit Alex' Mutter ist schlimm, aber bestimmt reden sie noch mal in Ruhe darüber, was sie noch machen könnten, um zu helfen. Und außerdem ist es ein gutes Gefühl, zwischen seinem Vater und seiner kleinen Schwester durch die Winterlandschaft zu stapfen, während Dusty mit großen Sprüngen vor ihnen herläuft und versucht, die Schneeflocken zu fangen, die vom Himmel schweben.

Es ist fast dunkel inzwischen, überall in den Häusern sind schon die Lampen an. Und die Straßenlaternen werfen gelbe Lichtflecke auf den frischen Schnee. Hier und da sieht Paul auch Kerzen hinter den Fenstern flackern, oder bunt blinkende Girlanden, die irgendwie gute Laune machen, findet er. Und zum ersten Mal in der ganzen Adventszeit freut sich Paul jetzt auch auf Weihnachten!

Später sitzen sie noch lange an dem großen Tisch in der Küche. Bis auch Sabine von der Arbeit zurückkommt und sie ihr alles erzählen, was sie wissen muss.

Und während Dusty vor Pauls Füßen liegt und mit den Pfoten zuckt, als würde er immer noch Schneeflocken hüten, machen sie so was wie einen Plan. Wobei das Wichtigste ist, dass Sabine gleich am nächsten Tag Alex' Mutter im Krankenhaus besuchen wird! Schließlich ist sie ja selber Ärztin, zwar in einem anderen Krankenhaus, aber bestimmt kann sie mit den Ärzten von Alex' Mutter reden, um ein bisschen mehr zu erfahren.

Und weil am nächsten Tag Samstag ist und Paul nicht zur Schule muss, will er Alex zu Hause besuchen und sie fragen, ob sie nicht vielleicht für die Zeit, die ihre Mutter noch im Krankenhaus liegt, zu ihnen ziehen will. Zum Krankenhaus oder ins Tierheim kann sie genauso gut auch von ihnen aus, und dann wäre sie wenigstens abends und nachts nicht alleine.

»Ich spreche mit ihrer Mutter darüber«, sagt Sabine. »Ich glaube, das wäre das Beste! Ich verstehe sowieso nicht, warum niemand auf die Idee gekommen ist, dass sich ja irgendjemand um Alex kümmern muss. Sie ist nun wirklich noch zu jung, um alleine zu sein.«

»Sie hat gesagt, dass die Nachbarin auf sie aufpassen würde«, erklärt Paul. »Und dasselbe hat sie wahrscheinlich auch ihrer Mutter erzählt. Aber ich glaube, sie macht nichts weiter, als den Hund von der Frau auszuführen. Sie will sich von keinem helfen lassen! Typisch Alex.«

»Das klingt nicht gut«, meint sein Vater. »Umso wichtiger ist es, dass du sie überzeugst, am besten jetzt am Wochenende schon zu uns zu kommen.«

Als Paul dann später im Bett liegt, ist er so müde, dass ihm sofort die Augen zufallen. Aber er kann trotzdem nicht schlafen! Weil er jetzt doch die ganze Zeit wieder an Alex denken muss. Und wie er es am besten anstellt, sie zu überreden! Aber gleichzeitig geht ihm noch was anderes durch den Kopf. Und das gefällt ihm noch weniger als der Gedanke daran, dass Alex vielleicht gerade zu Hause in ihrem Bett liegt und traurig ist. Aber leider ist das auch eine Sache, über die er nicht mit seinen Eltern reden will. Obwohl er seinem Vater ja vorhin erst etwas anderes versprochen hat! Nur muss man manchmal auch ein Versprechen brechen, wenn es nicht anders geht …

Gleich am nächsten Vormittag macht sich Sabine auf den Weg, um Alex' Mutter zu besuchen. Und sein Vater erklärt, dass er am Nachmittag mit Paul in den Wald will, um endlich einen Weihnachtsbaum für sie zu holen.

»Geht klar«, sagt Paul. »Dann habe ich ja genug Zeit, um Alex zu treffen. Ich schätze mal, sie wird heute Vormittag im Tierheim sein. Klar, ich könnte sie natürlich anrufen, um zu fragen, aber ich will sie überraschen! Und ich glaube, ich könnte Karlottas Hilfe ganz gut gebrauchen, um Alex zu überreden, dass sie zu uns zieht. Was ist, Karlotta, kommst du mit?«

Karlotta starrt ihn nur mit offenem Mund an, als wollte sie nicht glauben, dass er sie gerade wirklich gefragt hat. Dann nickt sie eifrig und rennt in ihr Zimmer, um sich anzuziehen.

Paul fühlt sich nicht besonders gut bei der ganzen Sache. Weil er gerade so faustdick gelogen hat, dass er sich am liebsten selbst dafür ohrfeigen würde. Aber jetzt ist es zu spät, um noch irgendwas zu ändern.

Er hat ja schon heimlich mit Alex telefoniert! Und deshalb weiß er auch, dass sie erst mittags im Tierheim arbeitet. Aber genau das passt perfekt für seinen Plan, den er sich letzte Nacht noch ausgedacht hat.

Er mag es, zusammen mit Paul und Karlotta durch die Stadt zu laufen. Obwohl Karlotta die ganze Zeit redet und Paul gar nichts sagt, als würde er an irgendwas anderes denken.

Sie kümmern sich auch überhaupt nicht um ihn! Sie werfen noch nicht mal einen Schneeball, den er aus der Luft schnappen und zerkauen könnte. Es kommt ihm fast so vor, als hätten sie vergessen, dass er ja auch noch da ist.

Aber er gibt sich trotzdem Mühe, nicht an der Leine zu zerren, und er läuft auch einfach brav weiter, wenn ihnen ein anderer Hund entgegenkommt. Manchmal geht das allerdings nicht! Dann muss er eben doch mit dem Schwanz wedeln und den anderen wenigstens kurz begrüßen. Oder das Nackenhaar aufstellen und ein bisschen knurren, wenn der andere ein blöder Wichtigtuer ist. Aber noch nicht mal das kriegen Paul und Karlotta mit.

Als sie dann an der großen Kreuzung nicht zu Alex abbiegen, sondern in die andere Richtung laufen, ahnt er plötzlich, wo sie hinwollen. Und er hat sich nicht geirrt.

Es dauert nicht lange und er hört schon die Hunde

bellen. Und dann sind sie wieder bei der Frau im Tierheim, und Karlotta ist jetzt so aufgeregt, dass sie noch mehr redet als vorher und auf einem Bein neben ihm herhüpft, als sie an den Käfigen vorbeilaufen.

Für einen kurzen Moment hat er wieder ein bisschen Angst, obwohl er nicht glaubt, dass Paul und Karlotta ihn hierlassen wollen. Aber er drückt sich für alle Fälle doch lieber ganz dicht an Pauls Beine und schielt dabei von unten zu ihm hoch, damit er genau sehen kann, was Paul macht.

Fast wäre er sogar an der schwarzen Hündin vorbeigelaufen, ohne sie zu bemerken. Erst als sie am Gitter hochspringt und winselt, dreht er den Kopf zu ihr und wedelt mit dem Schwanz. Sie freut sich wie verrückt, und er findet es auch schön, sie wiederzusehen, aber Paul zieht ihn einfach weiter. Als er die Vorderpfoten auf den Boden stemmt und versucht, den Kopf aus dem Halsband zu drehen, beugt Paul sich zu ihm: »Nerv jetzt nicht, Dusty«, flüstert er ihm ins Ohr. »Hör auf mit dem Quatsch und kommt weiter! Ich lass dich gleich los, dann kannst du zurück zu deiner kleinen Freundin, versprochen.«

Er kapiert nicht genau, was Paul meint, aber es muss wichtig sein, weil Paul sonst nicht flüstern würde. Also winselt er nur kurz und folgt Paul, obwohl die Hündin hinter ihm jault und fiept.

Jetzt kommt ein Mann in Gummistiefeln auf sie zu. Das muss einer von den Leuten sein, die hier arbeiten und den Hunden das Futter bringen. Paul redet mit dem Gummistiefel-Mann und fragt ihn irgendwas. Der Mann nickt und geht mit ihnen durch die nächste Tür in den Raum, in dem sie neulich schon waren. Wo das kleine Pelzding in seinem Laufrad immer noch verzweifelt versucht, irgendwohin zu kommen.

Karlotta bleibt stehen und klatscht begeistert in die Hände.

»Süüüß!«, ruft sie. »Aber irgendwie auch gemein«, setzt sie gleich darauf hinzu. »Bestimmt würde der Hamster viel lieber einen Freund zum Spielen haben als nur dieses blöde Plastikrad!«

Der Gummistiefel-Mann öffnet das Gitter und nimmt den Hamster heraus, damit Karlotta ihn streicheln kann. Im selben Moment spürt er Pauls Hand auf seinem Fell. Und dann macht Paul die Leine los und flüstert: »Lauf zu deiner Freundin, Dusty! Jetzt!«

Er blickt noch einmal zu Paul hoch, ob er ihn auch wirklich richtig verstanden hat, aber Paul nickt nur und zeigt zu der Tür, die immer noch offen steht. Und hinter der der Gang mit den Hundekäfigen ist, von wo er ganz deutlich die Hündin jaulen hört.

Mit einem Satz spring er an dem Gummistiefel-Mann vorbei und rennt bellend los. Er hört noch, wie der Gummistiefel-Mann ruft: »He, komm sofort zurück!«

Aber da ist er schon bei der Hündin und drückt seine Nase gegen das Gitter, und sie leckt ihm eifrig über die Schnauze und winselt vor Freude.

7. Kapitel

Die Hunde in ihren Käfigen haben sofort angefangen zu bellen, als Dusty an ihnen vorbeigejagt ist. Sie springen an ihren Gittern hoch und machen so viel Lärm, dass Paul kaum hört, was der Tierpfleger ruft. Aber genau das wollte er ja! Und er rührt sich auch nicht vom Fleck, als der Tierpfleger jetzt laut schimpfend hinter Dusty herrennt.

Karlotta setzt schnell den Hamster zurück in den Käfig und rennt ebenfalls los. Ohne überhaupt zu merken, dass Paul sich immer noch nicht rührt.

»Dusty!«, ruft sie. »Hierher! Bei Fuß! Hörst du nicht?«

Ohne noch länger zu warten, dreht Paul sich zu den Ställen neben dem Hamsterkäfig und nimmt seinen Rucksack vom Rücken. Er hat schon vorher entschieden, dass er nicht die weiße Ratte nimmt, sondern eins von den Kaninchen, die da ängstlich hin und her hoppeln. Mit Kaninchen kennt er sich aus, und er weiß genau, wie man sie am Nackenfell packen muss, ohne ihnen wehzutun. Mit einem Griff erwischt er ein braunweißes Kaninchen und hebt es aus dem Käfig. Es zappelt und schlägt wie wild mit den Vorderläufen, aber im nächsten Moment hat Paul es schon in seinen Rucksack geschoben und zieht den Reißverschluss zu. Dann setzt er sich den Rucksack wieder auf und läuft eilig in den Gang mit den Hunden.

Karlotta hat Dusty am Halsband gepackt und versucht, ihn von der Hündin wegzuziehen.

»Wo bleibst du denn?«, ruft sie Paul zu. »Echt, muss ich mich um alles alleine kümmern?«

»Vielleicht habe ich erst noch den Hamsterkäfig zugemacht?«, fragt Paul zurück. »Das hast du nämlich vergessen!«

»Ups!«, macht Karlotta. »Echt? Das tut mir leid ...«

»So geht das nicht«, schimpft der Tierpfleger. »Wenn ihr auf euren Hund nicht besser aufpassen könnt, dann müsst ihr ihn draußen anbinden. Der macht mir ja alle verrückt hier!«

»Sorry«, sagt Paul, während er Dusty an die Leine nimmt. »Aber wir wollten sowieso gerade wieder gehen.«

»Hä?«, regt sich Karlotta auf. »Das stimmt doch überhaupt nicht. Ich wollte mir die Ratte noch angucken und ...«

»Wir haben keine Zeit mehr«, sagt Paul. »Ich erklär's dir draußen. Und jetzt komm!«

Bevor Karlotta noch etwas sagen kann, nimmt er die Leine ganz kurz und zieht Dusty mit sich. Obwohl der sich sträubt und immer wieder zu der Hündin zurückblickt, die winselnd hinter ihrem Gitter steht.

»Das nächste Mal kommt ihr vielleicht lieber mit euren Eltern«, sagt der Tierpfleger kopfschüttelnd, aber da ist Paul schon durch die Tür und steuert auf das Büro zu, in dem Sabine 2 an ihrem Schreibtisch sitzt.

»Echt, mit dir stimmt doch irgendwas nicht«, mault Karlotta neben ihm, während Paul deutlich spürt, wie das Kaninchen auf seinem Rücken zappelt und versucht, sich zu befreien.

»Wollt ihr schon wieder gehen?«, fragt Sabine 2 verwundert.

»Gleich«, sagt Paul. »Aber erst mal muss ich Ihnen noch was zeigen.«

Er nimmt den Rucksack und stellt ihn auf einen Stuhl. Im selben Moment spitzt Dusty die Ohren und fängt an zu winseln.

»Hä?«, macht Karlotta. »Was ist das denn? Dein Rucksack wackelt, guck mal!«

»Sitz!«, sagt Paul zu Dusty. Dann zieht er den Reißverschluss auf und holt das zappelnde Kaninchen raus. Beruhigend streichelt er ihm das Fell, während er leise sagt: »Es ist alles gut. Du kannst gleich wieder zurück in deinen Stall.«

Karlotta starrt mit weit aufgerissenen Augen abwechselnd auf Paul und auf das Kaninchen.

Dusty wedelt mit dem Schwanz und fiept leise.

Und Sabine 2 sieht so aus, als würde sie jeden Moment in Ohnmacht fallen.

»Was … was hast du denn da?«, stammelt sie. »Ist das etwa eins von unseren? Hast du das gerade …«

»Geklaut«, nickt Paul. »Ging ganz einfach. Ich brauchte nur zu warten, bis der Pfleger abgelenkt war. Und genauso kann natürlich jeder Besucher irgendein Tier in seinem Rucksack hier rausschmuggeln. Also wahrscheinlich keinen Hund, aber auf alle Fälle ein Kaninchen. Oder eine Schildkröte. Und ich denke, es klappt auch mit einer Katze.« Paul zuckt mit der Schulter. »Womit jetzt ja wohl ziemlich klar ist, dass es IRGENDJEMAND gewesen sein kann, der die Tiere hier mitgenommen hat. Und ich fürchte, es gibt keine Chance rauszufinden, wer das war. Außer dass Sie vielleicht versuchen können, demnächst besonders auf Leute zu achten, die mit einem Rucksack kommen.«

Sabine 2 sieht immer noch so aus, als würde sie nicht glauben, dass Paul gerade ein Kaninchen aus dem Stall geklaut hat, ohne dass der Tierpfleger es gemerkt hat. Aber dann nickt sie.

»Okay, Paul. Wahrscheinlich hast du recht. Und

dann hoffe ich nur, dass nicht noch mehr Tiere verschwinden. Aber du kannst sicher sein, dass wir ein bisschen besser aufpassen werden als bisher. Ich werde heute noch mit allen Pflegern darüber reden.«

»Rucksäcke«, zählt Paul an den Fingern auf, »große Handtaschen, Einkaufstaschen von Ikea, Koffer, Umzugskartons …«

Sabine 2 lacht. »Jetzt hör aber auf! So ganz dumm sind wir ja nun auch nicht.«

»Sollte auch nur ein kleiner Witz sein«, meint Paul grinsend und drückt Sabine 2 das Kaninchen in den Arm. »Und falls Sie mal wieder Hilfe brauchen, rufen Sie einfach an. Sie wissen ja, wie Sie mich erreichen«, setzt er ein bisschen großspurig hinzu. »Ach ja, und grüßen Sie Alex von mir! Ohne Alex wäre ich nämlich gar nicht so schnell auf die Idee mit dem Rucksack gekommen.«

»Ich dachte, ihr redet eigentlich nicht miteinander?«, fragt Sabine 2 verwundert, während sie Mühe hat, das Kaninchen festzuhalten.

»Manchmal muss ein Detektiv tun, was ein Detektiv tun muss«, antwortet Paul nur. Den Satz hat er aus einem Fernsehfilm, und er findet ihn ziemlich cool. Vor allem, weil er irgendwie alles oder gar nichts bedeuten kann.

Und dann sind sie draußen. Dusty jagt durch den

tiefen Schnee, als wäre er froh, dass er gerade so eben noch mal davongekommen ist. Und Karlotta starrt Paul an und fragt mit einem ganz hohen Stimmchen: »Sind wir echt nur ins Tierheim gegangen, weil du das Kaninchen klauen wolltest? Voll mit Absicht?«

»Ich hab's doch zurückgegeben«, antwortet Paul. »Aber ich musste irgendwie beweisen, dass es funktionieren kann, verstehst du? Das war wichtig, damit sie nicht denken, dass vielleicht Alex was damit zu tun haben könnte!«

Dass es ihm in Wirklichkeit gar nicht so sehr um die Leute vom Tierheim ging, sondern um ihn selbst, muss Karlotta ja nicht unbedingt wissen! ER wollte einen Beweis dafür, dass Alex ihm die Wahrheit gesagt hat. Dass sie nicht die Diebin ist. Und jetzt ist alles gut, erst jetzt kann er sich auch wirklich freuen, wenn Alex zu ihnen zieht!

Aber Karlotta scheint noch nicht ganz zufrieden zu sein. Sie hat die Stirn gerunzelt, als würde sie angestrengt nachdenken. Dann sagt sie: »Deshalb hast du auch nicht gesagt, dass du mit Alex befreundet bist. Ist ja logisch, weil sie im Tierheim sonst geglaubt hätten, dass du für sie lügst.«

»Genau«, erwidert Paul. Seine kleine Schwester ist eindeutig viel schlauer, als er manchmal denkt! Er ist echt ein bisschen stolz auf sie.

Aber im nächsten Moment bezweifelt er, ob es wirklich so gut ist, wenn sie erst mal anfängt, sich so ihre Gedanken zu machen.

»Eine Sache hast du vergessen«, sagt sie jetzt nämlich. »Du hast doch erzählt, dass auch Futter geklaut worden ist! Und wer soll das dann gewesen sein?«

Sie hat recht! An das geklaute Futter hat er überhaupt nicht mehr gedacht. Und Sabine 2 offensichtlich auch nicht. Zum Glück! Aber es stimmt natürlich, irgendjemand muss in den Raum gekommen sein, in dem das Futter aufbewahrt wird. Und für den nur die Tierpfleger einen Schlüssel haben …

»Der Typ mit den Gummistiefeln«, schlägt Karlotta vor. »Den fand ich sowieso doof, weil er irgendwie doof war. Oder es war noch ganz anders«, plappert sie plötzlich los. »Der Typ hat ja auch die Tür zu dem Gang mit den Hunden nicht richtig zugemacht, als wir bei dem niedlichen Hamster waren, erinnerst du dich? Und genauso kann es natürlich sein, dass er die Tür zu dem Futter offen gelassen hat! Und das hat einer von den Besuchern gesehen und gedacht, cool, da stecke ich doch mal ganz schnell was ein. Und zack, war das Futter in seinem Rucksack! Bestimmt war es so. Ich sag doch, dass der Typ mit den Gummistiefeln doof ist, weil er noch nicht mal die Türen richtig zumachen kann. Voll doof!«

Karlotta nickt zufrieden. Im nächsten Moment hat sie die ganze Sache offensichtlich schon wieder vergessen und rennt hinter Dusty her, um Fangen mit ihm zu spielen.

Nur Paul grübelt noch weiter. Weil es schon komisch ist, dass kein Hund geklaut wurde, aber trotzdem Hundefutter fehlt. Und als er Alex im Supermarkt gesehen hat, ging es auch um Hundefutter! Das Alex angeblich für den Hund von ihrer Nachbarin haben wollte, den sie manchmal spazieren führt. Nur dass da in der Nachbarwohnung kein Hund gebellt hat, als Paul bei Alex war. Irgendwas passt überhaupt nicht, denkt Paul. Und plötzlich hat er wieder das Bild vor Augen, wie Alex sich abends ein paar Kartoffeln und eine Dose Hundefutter warm macht, weil sie kein Geld für irgendetwas anderes hat! Falls das wirklich die Erklärung ist, wird es höchste Zeit, dass Alex zu ihnen kommt.

Aber dann sind sie noch kaum wieder zu Hause, als Pauls Mutter etwas erzählt, was alles nur noch merkwürdiger erscheinen lässt …

Sabine war ja in dem Krankenhaus, in dem Alex' Mutter liegt. Inzwischen ist ziemlich sicher, dass Alex' Mutter tatsächlich vor Erschöpfung umgekippt ist. Weil sie keine Kraft mehr hatte und einfach nicht mehr konnte.

»Es ist zwar erst mal gut, dass sie nicht irgendeine schwere Krankheit hat«, erklärt Sabine. »Aber trotzdem darf man das nicht auf die leichte Schulter nehmen. Die Ärzte werden jetzt alles tun, um sie so weit zu stabilisieren, dass sie wieder nach Hause kann. Mit ein bisschen Glück vielleicht schon zu Weihnachten! Aber dann muss eine Lösung gefunden werden. Sie kann unmöglich weiterhin zwei Jobs machen, und schon gar keine Nachtarbeit mehr, sonst ist der nächste Zusammenbruch schon programmiert! Wir müssen versuchen, ihr dabei zu helfen, eine andere Arbeit zu finden. Ich werde mich auch bei uns im Krankenhaus erkundigen, ob es da irgendeine Möglichkeit gibt. Vielleicht im Büro. Sie hat erzählt, dass sie früher mal als Sekretärin gearbeitet hat. Vielleicht ist da irgendwas zu machen. Sie hat mir allerdings auch noch etwas anderes erzählt, und das gefällt mir gar nicht ...«

Sabine blickt Paul an.

»Was?«, fragt Paul. »Was ist?«

»So wie es aussieht, hat Alex gegenüber ihrer Mutter behauptet, dass sie sich keine Sorgen um sie machen muss, weil sie schon seit über einer Woche hier bei uns wohnt!«

»Was?«, fragt Paul.

»Hä?«, kommt es von Karlotta.

»Ich habe natürlich nicht gesagt, dass das gar nicht

stimmt«, erklärt Sabine. »Aber ich hoffe, ihr stimmt mir alle zu, dass es jetzt höchste Zeit ist, Alex wirklich zu uns zu holen. Dann braucht sie ihre Mutter auch nicht weiter anzulügen!«

Pauls Vater zieht die Augenbrauen hoch und zuckt mit der Schulter. »Nun, so wie ich das sehe, wollte sie ihre Mutter wahrscheinlich nur beruhigen. Aber sie hat nicht gewagt, uns tatsächlich zu fragen …«

»Sondern hat die ganze Zeit alleine zu Hause gesessen und …«

Paul muss so heftig schlucken, dass er nicht weiterreden kann.

»Aber warum?«, will Karlotta wissen. »Warum hat sie nichts gesagt?«

»Weil Alex so ist! Es ist ihr peinlich, wenn jemand denken könnte, dass sie vielleicht Hilfe braucht.«

»Hast du schon mit ihr gesprochen?«, fragt Sabine.

»Ja, heute Morgen, aber nur ganz kurz. Und vorhin habe ich ihr noch mal eine Nachricht geschickt, dass sie sich melden soll. Weil ihr Handy ausgeschaltet war. Aber ich nehme an, dass sie jetzt gerade im Tierheim ist. Und danach zu ihrer Mutter geht und dann …«

»Dann holen wir sie ab«, sagt Peter. »Schluss. Basta. Aus. Ohne langes Gerede! Wir fahren jetzt nach dem Mittagessen mit dem Auto zum Wald und suchen einen Weihnachtsbaum aus. Und von da fahren wir direkt zu Alex. Du versuchst zwischendurch noch mal, sie zu erreichen, damit sie ein paar Sachen packen kann, die sie braucht. Und heute Abend sind wir dann einer mehr in der Familie!«

»Zwei!«, ruft Karlotta. »Alex und noch so ein Typ!«

»Was für ein Typ?«, fragt Peter irritiert. »Von wem redest du?«

»So ein Typ eben. Mit einem grünen Kostüm und ziemlich stachelig. Und er grünt nicht nur zur Sommerzeit, sondern auch im Winter, wenn es schneit! – Na, kriegt ihr raus, wen ich meine?«

»Haha, sehr witzig«, sagt Paul nur.

Sabine lacht. »Wir machen es so, wie Peter vorgeschlagen hat. Und während ihr im Wald seid, backen Karlotta und ich ein großes Blech mit Plätzchen!«

Eine Stunde später machen sich Paul und sein Vater mit einer großen Säge auf den Weg. Dusty darf natürlich auch mit und sitzt schwanzwedelnd hinten im Auto. Paul hat noch ein paar Mal versucht, Alex zu erreichen, aber ihr Handy ist immer noch ausgeschaltet. Deshalb hat er gerade noch eine neue SMS geschickt: *Wir kommen nachher und holen dich ab! Es gibt was Gutes zu essen und jede Menge Plätzchen. Wir freuen uns alle auf dich! Dusty und ich am meisten.*

Im Wald ist ziemlich viel los, weil natürlich am

Samstagnachmittag auch noch andere Leute auf die Idee gekommen sind, sich einen Weihnachtsbaum zu holen. Aber Pauls Vater kennt den Förster, und der zeigt ihnen ein paar Bäume, die ein Stück abseits stehen und die noch keiner entdeckt hat. Dusty rennt von einer Tanne zur nächsten und markiert die Baumstämme.

»Stopp!«, ruft Pauls Vater. »Den da nicht! Den nehmen wir, der ist genau richtig. Die Größe stimmt, er ist schön regelmäßig gewachsen …«

»Und Nadeln sind auch dran«, grinst Paul.

Dusty hält den Kopf schief und sieht so aus, als wollte er sagen: He, wenn ich den Baum nicht markiere, weiß ja keiner, dass es unserer ist!

Aber gleich darauf entdeckt er eine Tierspur und wühlt sich mit der Schnauze voran durch den Schnee. Und Paul und sein Vater nehmen die Säge und fangen an. Erst sägt Paul ein Stück, dann sein Vater, dann wieder Paul. Aber entweder ist die Säge stumpf oder es ist gar nicht so leicht, frisches Holz durchzusägen. Es dauert jedenfalls eine ganze Weile, bis der Stamm knirscht und knackt und sie endlich ihren Weihnachtsbaum haben.

Pauls Vater zieht den Baum hinter sich her zum Parkplatz.

Paul blickt von links nach rechts und dreht sich einmal im Kreis. Aber er kann Dusty nirgends entdecken. Also legt er die Hände wie einen Trichter an den Mund und ruft: »Dusty!«

»Duuusty!«, hallt es aus dem Wald zurück.

Paul stößt einen schrillen Pfiff aus. Und ruft noch mal. Aber zwischen den Bäumen rührt sich nichts.

Dusty ist verschwunden!

Jetzt hat er den Eingang zu dem Mäusenest gefunden! Er fängt gerade an, mit den Vorderpfoten den Schnee zur Seite zu scharren, als die Maus direkt vor seiner Nase aus dem Loch geschossen kommt und zwischen seinen Beinen durchflitzt. Er ist so verblüfft, dass er im ersten Moment nur hinter ihr herblickt, ohne sich zu rühren. Und schon verschwindet die Maus unter den tief hängenden Zweigen einer Tanne und er kann sie nicht mehr sehen.

Er dreht sich noch einmal zu Paul und Peter um, aber die sind mit der Säge beschäftigt und achten nicht auf ihn. Also werden sie auch gar nicht merken, wenn er mal kurz hinter der Maus herläuft! Nur so, weil es Spaß macht, eine Spur zu verfolgen. Und es ist aufregender, als im Schnee zu hocken und darauf zu warten, dass der Stamm endlich durchgesägt ist. Wenn sie fertig sind, werden sie sowieso nach ihm rufen, dann kann er immer noch zurückkommen und so tun, als hätte er nur ein Stöckchen zum Draufrumkauen gesucht.

Mit einem Satz ist er an der Tanne. Unter den Zweigen liegt kaum Schnee, aber dafür gibt es jede Menge abgebrochene Äste und alte Tannenzapfen, die gut nach feuchter Erde riechen.

Er muss sich die Stelle unbedingt merken, damit er nachher einen von den Zapfen zu Paul bringen und ihm vor die Füße legen kann. Und wenn Paul dann den Zapfen für ihn wirft, muss er versuchen, ihn aus der Luft zu fangen!

Aber erst mal muss er jetzt rausfinden, wo die Maus ist. Er drückt die Nase auf den Boden und schnüffelt so lange, bis er ihre Spur wiedergefunden hat. Dann läuft er los, mit dem Kopf tief zwischen den Vorderpfoten. Und mit gespitzten Ohren, damit er es gleich hört, wenn die Maus irgendwo anfängt zu fiepen. Mäuse fiepen immer, wenn sie Angst haben. Das ist eigentlich ziemlich dumm von ihnen, weil sie damit ihr Versteck verraten und man sie ganz einfach finden kann. Aber im Moment hört er nichts weiter als seine eigenen Pfoten, die tief im Schnee einsacken, sodass es bei jedem Schritt knirscht und raschelt.

Die Spur führt immer weiter zwischen die Bäume, und plötzlich sind da noch mehr Spuren, von anderen Tieren. An einem großen Stein hält er kurz an, um schnell zu pinkeln, dann biegt er nach rechts ab, bis er zu einer Stelle kommt, wo der Schnee aufgewühlt und zertrampelt ist.

Es kann noch nicht lange her sein, dass die Rehe hier gestanden haben, er findet sogar ein paar kleine, runde Kügelchen, die so frisch sind, dass sie noch dampfen.

Aber gleich darauf hat er einen neuen Geruch in der Nase, so stechend, dass er niesen muss.

Er weiß genau, was dieser Geruch bedeutet. Wildschweine! Und Wildschweine sind gefährlich! Er erinnert sich noch genau, wie er mal ein Wildschwein getroffen hat, mitten im Wald stand es plötzlich vor ihm. Das Vieh war riesig, viel größer als er. Und es hatte ganz kleine Augen, die böse gefunkelt haben. Und zwei lange Zähne, die vorne aus seiner Schnauze ragten. Er hat gar nicht erst versucht zu knurren, sondern ist sofort weggelaufen. Aber das Wildschwein hat ihn verfolgt! Quer durch den ganzen Wald, und er hat es nicht abschütteln können, obwohl er sogar Haken geschlagen hat wie ein Hase.

Er weiß noch, wie er hinter sich die Äste knacken gehört hat, und das Wildschwein kam immer näher, und er ist so schnell gerannt wie noch nie zuvor in seinem Leben. Bis er den umgestürzten Baumstamm gesehen hat, der quer über dem Weg lag. Zwischen dem Baumstamm und dem Boden war ein schmaler Spalt, und er hat genau gewusst, dass das seine einzige Chance war. Also hat er sich geduckt und ganz flach gemacht, und hat sich auf dem Bauch unter dem Stamm durchgequetscht, bis er auf der anderen Seite war. Im selben Moment hat es hinter ihm fürchterlich gekracht, weil das Wildschwein viel zu groß war, um ihm zu folgen, und in vollem Lauf gegen den Stamm geknallt ist …

Und das war nur ein einzelnes Wildschwein, aber hier waren ganz viele, und er möchte ihnen auf keinen Fall begegnen. Also dreht er um und läuft auf seiner eigenen Spur zurück, bis er wieder an dem Stein ist.

Aus der Ferne hört er Stimmen, die sich irgendetwas zurufen. Das müssen die anderen Leute sein, die vorhin schon da waren, als er mit Paul und Peter in den Wald gekommen ist. Und er will gerade auf die Stimmen zulaufen, als er plötzlich einen schmalen Pfad vor sich entdeckt. Einen Trampelpfad, der durch den Schnee führt. Mit Fußspuren, die sich deutlich in der Dämmerung abzeichnen.

Neugierig drückt er wieder seine Schnauze auf den Boden. Dann stutzt er und pustet die Luft aus der Nase, um besser riechen zu können. Und er hat sich nicht geirrt. Hier war jemand, den er kennt. Und es gibt nur eine einzige Person, die so riecht. Und die immer etwas für ihn mitbringt, wenn sie Paul besuchen kommt. Oder ihm ein Würstchen aus dem Kühlschrank holt, wenn er bei ihr zu Hause ist. Alex! Pauls Freundin …

Er untersucht die Spur noch mal genauer. Es muss schon eine Weile her sein, seit Alex hier langgelaufen ist. Aber das ist egal! Vielleicht ist sie ja doch noch irgendwo. Und bestimmt freut sie sich, wenn sie ihn sieht. Und Paul wird sich auch freuen, wenn er Alex zu ihm bringt. »Schlauer Hund«, wird er sagen und ihn loben!

Der Pfad führt immer geradeaus, und immer weiter weg von den Stimmen. Bis zum Waldrand, wo plötzlich ein Zaun steht. Es gibt eine kleine Tür im Zaun, die verschlossen ist. Aber auf der anderen Seite von der Tür führt der Pfad weiter, und die Tür ist so niedrig, dass er sich nur mit den Hinterläufen abdrücken muss und mit einem Satz darüber hinwegspringen kann.

Links und rechts gibt es hohe Hecken, und hinter den Hecken stehen kleine Schuppen und Gartenlauben, die wie schwarze Löcher im Schnee aussehen. Er weiß jetzt wieder, dass er schon mal hier war. Im Sommer, als alles grün war und überall Blumen geblüht haben. In einer der Gartenlauben hat Alex eine große Feier gemacht. Und es waren jede Menge Leute da und es gab Bratwürstchen!

Er läuft weiter, bis er die richtige Gartenlaube gefunden hat. Hier sind noch viel mehr Spuren – und alle von Alex! Wieder springt er einfach über den Zaun.

Jetzt erinnert er sich auch wieder an den kleinen Teich, in dem die Goldfische waren, die er versucht hat, mit der Pfote zu erwischen. Bis Alex mit ihm geschimpft hat und Paul ihn mit der Leine an einen Baum gebunden hat.

Auf dem Teich ist eine dicke Eisschicht, die unter seinen Pfoten knackt, als er den Schnee mit der Schnauze zur Seite schiebt. Die Goldfische kann er nirgends sehen. Und auch sonst ist niemand da, nur die Fußspuren von Alex.

Plötzlich meint er, ein Geräusch aus der Hütte zu hören. Geduckt schleicht er in einem großen Bogen näher, bis er das Fenster erkennen kann. Und da ist ein Schatten hinter der Scheibe! Mit zwei Augen, die in der Dämmerung leuchten.

Jetzt hat der Schatten ihn entdeckt und macht einen Buckel. Der Schatten ist eine Katze!

Er bellt zwei Mal. Dann hockt er sich in den Schnee und legt den Kopf ein bisschen schief. Als die Katze mit der Pfote nach der Scheibe schlägt, wedelt er mit dem Schwanz, damit sie weiß, dass er ihr nichts tun will.

Aber irgendetwas stimmt nicht! Alex hat keine Katze, das weiß er genau. Und Alex ist ja auch gar nicht da, sonst hätte sie längst gemerkt, dass sie Besuch hat. Aber in der Hütte ist kein Licht, und außer der Katze, die jetzt mit beiden Pfoten gegen die Scheibe trommelt, rührt sich nichts.

Jetzt ist die Katze an den Fenstergriff gekommen und hat ihn nach unten gedrückt. Als das Fenster aufschwingt, springt sie erschrocken zur Seite.

Er bellt wieder. Und trappelt aufgeregt mit den Vor-

derpfoten. Der Weg ist frei, soll das heißen, das Fenster ist offen, du kannst raus! Worauf wartest du noch?

Aber die Katze macht nur einen Buckel und faucht.

Erst als er ein Stück zurückweicht, spannt sie die Muskeln an und landet mit einem großen Sprung neben ihm im Schnee. Dann faucht sie noch mal und läuft davon.

Aus dem offenen Fenster dringt warme Luft nach draußen. Und als er die Ohren spitzt, hört er in der Laube etwas rascheln und kratzen. Da ist noch jemand! Er kann es jetzt auch ganz deutlich riechen. Und er kennt den Geruch von zu Hause, aus Karlottas Zimmer.

Er überlegt nicht lange, sondern nimmt Anlauf und springt. Das Fensterbrett ist höher, als er gedacht hat, aber er schafft es, die Hinterbeine an der Wand abzudrücken und sich mit den Vorderpfoten nach oben zu ziehen. Er hat Mühe, auf dem schmalen Fensterbrett Halt zu finden, seine Pfoten rutschen hilflos über das glatte Holz, dann springt er ins Dunkel hinein.

Es dauert einen Moment, bis er den Tisch und die Stühle erkennen kann. Und die Schüssel mit dem Wasser!

In der Ecke steht ein großer, alter Sessel, und daneben ein Tannenbaum, genau so einer wie der, den Paul und sein Vater vorhin abgesägt haben. Nur dass an dem hier lauter Sachen hängen, glänzende Kugeln und Sterne, und auf den Zweigen sind Kerzen festgesteckt.

Unter dem Tisch steht ein Heizofen, dessen Drähte rot glühen. Das Licht reicht gerade so eben bis in die andere Ecke, wo das Stroh liegt. Jetzt weiß er auch, was vorhin geraschelt hat. Aus dem Stroh gucken zwei Ohrenspitzen, die vor Angst zittern …

Ganz langsam hebt er die Pfote, um näher zu schleichen, ohne das Kaninchen noch mehr zu erschrecken. Aber dann stößt er gegen etwas Hartes, direkt vor ihm auf dem Boden. Erst denkt er, es ist vielleicht ein Stein, aber der Stein bewegt sich.

Als er die Schnauze senkt, kann er undeutlich einen kleinen Kopf erkennen, der an einem dünnen Hals vorne aus dem Stein herausragt. So ein Tier hat er noch nie gesehen. Als er es vorsichtig anstößt, verschwindet der Kopf unter dem harten Ding, das fremd und komisch riecht und jetzt wieder so still daliegt, als wäre es doch ein Stein.

Er macht einen großen Schritt über das Ding hinweg. Dann legt er sich vor das Kaninchen und wartet. So macht er es zu Hause mit Karlottas Kaninchen auch immer. Bis sie begreifen, dass er ihnen nichts tun will. Es funktioniert auch diesmal.

Das Kaninchen blickt sich um, dann hoppelt es einen Schritt nach vorne, und als er sich immer noch nicht rührt, zieht es ein Stück Möhre aus dem Stroh und fängt an zu fressen.

Er kapiert nicht, was hier eigentlich los ist.

Das Fenster hinter ihm klappert. Und obwohl der Ofen vor Hitze knackt, spürt er deutlich den kalten Luftzug, der von draußen kommt.

Als er zum Fenster blickt, sieht er, dass es wieder angefangen hat zu schneien. Und bei jedem Windstoß wirbeln die weißen Flocken bis in die Hütte hinein.

Plötzlich weiß er, was er tun muss. Er muss das Kaninchen irgendwohin bringen, wo es in Sicherheit ist. Auch wenn es wahrscheinlich schwierig wird, aber er muss es wenigstens versuchen.

Bevor das Kaninchen merkt, was er vorhat, hat er es schon im Nackenfell gepackt. Ganz vorsichtig, um ihm nicht wehzutun, aber doch so fest, dass es sich nicht befreien kann. Als er es hochhebt, zappelt es und wehrt sich. Aber er lässt nicht los!

Ganz kurz zögert er noch mal, bevor er wieder über das komische Steinding hinwegsteigt, dann springt er mit einem Satz auf das Fensterbrett und gleich weiter in den verschneiten Garten hinaus. Das Kaninchen pendelt in seiner Schnauze hin und her und schleift mit den Hinterbeinen durch den Schnee, aber es versucht nicht mehr länger, sich zu befreien. Als hätte es begriffen, dass es sowieso keine Chance hat.

Auch der Sprung über das Gartentor klappt, genauso wie der nächste über den Zaun am Wald, dann ist er schon auf dem Pfad zwischen den Bäumen und rennt so schnell, wie es mit dem Kaninchen in seiner Schnauze nur geht.

Plötzlich sieht er einen Schatten neben sich aus der Dunkelheit auftauchen. Die Katze ist wieder da! Aber diesmal macht sie keinen Buckel und faucht auch nicht, sondern läuft einfach nur neben ihm her. Und als er kurz anhält, kommt sie ganz nah und reibt ihren Kopf an seinem Hals. Als hätte sie Angst und wüsste nicht, wo sie alleine nachts im Wald hin soll.

Auf jeden Fall ist sie netter als der dicke Kater von Frau Besenbinder, denkt er und winselt beruhigend. Und die Katze maunzt leise, als wollte sie sagen: Nimm mich mit! Ich hab sonst niemanden!

Also laufen sie zu dritt weiter. Und erst nach einer Weile merkt er, dass er nicht aufgepasst hat und auf dem falschen Weg ist. Auf dem Pfad, dem er gerade folgt, kommen sie nicht zu dem Platz mit den Weihnachtsbäumen, sondern direkt zur Stadt. Er kann sogar schon die Lichter in den Häusern sehen. Aber irgendwo da muss auch die Straße sein, die zu ihnen nach Hause führt.

Jetzt muss er nur noch das letzte Stück schaffen. Obwohl das Kaninchen mit jedem Schritt schwerer wird und er merkt, dass er nicht mehr viel Kraft hat. Außerdem verklebt der Schnee ihm die Augen, sodass er kaum etwas erkennen kann. Und zwischen seinen Ballen haben sich harte Schneeklumpen gebildet, die jedes Mal, wenn er die Pfoten aufsetzt, drücken und wehtun. Er versucht, ein Stück auf drei Beinen zu laufen, aber das ist zu anstrengend.

Wieder drängt sich die kleine Katze an ihn und miaut kläglich. Sie hat Angst! Aber als er das Kaninchen absetzt und ihm den Schnee vom Fell leckt, damit es nicht friert, kapiert die Katze sofort, was er macht, und hilft ihm.

Er lässt sie alleine weitermachen und beißt sich schnell die Schneeklumpen aus den Ballen. Dann nimmt er das Kaninchen wieder hoch und hinkt weiter. Die Katze bleibt ganz dicht hinter ihm in der schmalen Spur, die er in den tiefen Schnee tritt.

8. Kapitel

Als Pauls Handy klingelt, hat er das Gefühl, dass sie schon seit Stunden durch den Wald laufen, um Dusty zu suchen. Auch der Förster und ein paar andere Leute helfen bei der Suche. Aber bislang gibt es keine Spur von Dusty.

»Paul?«, hört er seine Mutter undeutlich rufen. »Wo seid ihr denn?«

»Noch im Wald«, antwortet Paul.

»Hat sich Peter in den Finger gesägt? Ist irgendwas passiert?«

»Nee, es dauert nur ein bisschen länger …«

Mehr will er nicht sagen, um Sabine nicht zu beunruhigen. Aber er merkt ganz deutlich, dass sie mit seiner Antwort nicht zufrieden ist.

»Das darf doch nicht wahr sein!« Paul meint fast zu sehen, wie seine Mutter verständnislos den Kopf schüttelt. »Jetzt sag bloß nicht, es wäre so schwierig, mal eben einen Baum abzusägen!«

»Den Baum haben wir ja schon. Es gibt nur gerade noch ein kleines Problem. Aber das kriegen wir hin!«

»Paul! Hör gefälligst auf, drum herumzureden! Kann es sein, dass euer kleines Problem vielleicht Dusty heißt?«

»Wie ... wie meinst du das?«, stammelt Paul.

»Ich weiß doch genau, was los ist!« Jetzt klingt ihre Stimme nur noch verärgert. »Ihr wart so beschäftigt mit diesem dummen Baum, dass ihr keine Zeit hattet, auf Dusty aufzupassen. Und angebunden habt ihr ihn natürlich auch nicht! Aber jetzt ist er weg und ihr sucht ihn, stimmt's?«

»W... w... woher weißt du das?«

»Ihr könnt aufhören zu suchen«, sagt Sabine, ohne auf seine Frage zu antworten. »Fahrt jetzt einfach nur zu Alex und holt sie ab, damit ihr rechtzeitig zum Abendessen hier seid. Meint ihr, dass euch das ohne weitere Zwischenfälle gelingen wird?«

»Aber ...«

»Aber was? Ist irgendwas nicht ganz klar?«

»Aber Dusty! Ich meine, du hast recht, er ist wirklich weg!«

»Ist er nicht. Er saß hier vor der Haustür, völlig durchnässt und verdreckt. Keine Ahnung, was er auf dem Weg nach Hause gemacht hat. Jetzt liegt er auf seiner Decke in der Küche und schläft, als wäre er total erschöpft, der arme Kerl. Aber wenigstens hat er von alleine hergefunden. Es blieb ihm ja auch nichts anderes übrig, nachdem ihr ihn einfach vergessen habt.«

Sie drückt das Gespräch weg, bevor Paul noch irgendetwas erwidern kann.

Sein Vater hat gesehen, dass er telefoniert hat, und kommt zu ihm.

»Sabine«, erklärt Paul nur. »Sie ist sauer, weil wir nicht auf Dusty aufgepasst haben. Aber er ist zu Hause!«

»Was? Wer?«

»Dusty! Er ist alleine nach Hause gelaufen. Es ist alles okay.«

Sein Vater stößt erleichtert die Luft aus und nimmt Paul kurz in den Arm.

»Dusty ist schlau«, sagt er. »Aber das wussten wir ja schon. Obwohl ich mir manchmal wünsche, dass er vielleicht einfach nur wartet, bis man wieder Zeit für ihn hat. Es soll ja Hunde geben, die das so machen.«

»Aber Dusty gehört eindeutig nicht dazu«, grinst Paul. »Warten ist nur was für Feiglinge«, setzt er dann noch hinzu. »Und Dusty ist nicht nur schlau, sondern auch echt mutig!«

Es dauert einen Moment, bis sie alle Leute informiert haben, dass die Suche vorbei ist. Und natürlich freuen sich alle, und der Förster gibt ihnen den Weihnachtsbaum sogar umsonst!

»Mit einem schönen Gruß an euren Hund!«, sagt er lachend.

»Lieber nicht«, meint Pauls Vater. »Sonst kommt er noch auf falsche Gedanken!«

Paul weiß genau, dass sein Vater gerade daran denkt, wie Dusty vorhin der Reihe nach alle Bäume markiert hat. Alle bis auf den einen, den sie jetzt hinten in ihr Auto schieben …

Zehn Minuten später stehen sie bei Alex vor der Haustür. Aber Alex ist nicht da. Es ist alles dunkel, und egal wie lange sie klingeln, in der Wohnung rührt sich trotzdem nichts. Auch nebenan ist niemand da. Und die Leute aus dem ersten Stock wissen nur, dass Alex am Nachmittag kurz zu Hause war, aber gleich wieder gegangen ist.

»Zu ihrer Mutter ins Krankenhaus«, sagt Paul zu seinem Vater. »Das hat sie mir erzählt. Und dann wollte sie hier auf uns warten.«

»Ruf sie noch mal an! Irgendwann muss sie ja mal rangehen.«

Aber Paul hat gerade erst sein Handy aus der Tasche gezogen, als es eine neue Nachricht meldet. Von Alex!

Sorry, hat Alex geschrieben. *Ich bin noch bei meiner Oma und bleibe da über Nacht. Morgen komme ich zu euch, versprochen. Mach dir keine Sorgen, Paul, es ist alles okay.*

»Wusstest du, dass sie eine Oma hat?«, fragt Pauls Vater.

»Ja, nee, also ich meine, sie hat mal so was gesagt, aber eigentlich weiß ich nur, dass ihre Oma einen Garten hat, auf der anderen Seite vom Wald, weil wir da mal Alex' Geburtstag gefeiert haben.« Er zuckt mit der Schulter und blickt seinen Vater ratlos an. »Und was machen wir jetzt?«

»Hoffen wir mal, dass die Geschichte mit der Oma stimmt und sie sich das nicht auch nur ausgedacht hat. Am besten reden wir mit Sabine darüber, was sie dazu meint.«

Aber als sie Sabine dann alles erzählt haben, ist die genauso ratlos wie sie.

»Hoffentlich ist nichts mit ihrer Mutter«, sagt sie und telefoniert kurz mit dem Krankenhaus.

Alex' Mutter geht es so weit ganz gut, aber sie schläft schon. Immerhin erfährt Sabine noch, dass Alex am späten Nachmittag da war. Wohin sie dann gegangen ist, weiß natürlich niemand. Aber Sabine möchte auch nicht, dass sie die Mutter wecken.

»Sie braucht jede Minute Schlaf, die sie kriegen kann. Außerdem haben sie ihr ein Beruhigungsmittel gegeben, sie wäre im Moment also sowieso kaum in der Lage, sich an Alex' Besuch zu erinnern, geschweige denn, worüber sie geredet haben.«

»Wir können jetzt auch nicht alle verrückt machen«, sagt Pauls Vater. »Alex hat ein Zuhause, und auch wenn sie nicht bei ihrer Oma bleibt, weiß sie wenigstens, wo sie heute Nacht schlafen kann. Dann holen wir sie also morgen früh!«

Paul schreibt trotzdem noch schnell eine SMS an Alex: *Ich lasse mein Handy an. Du kannst auch nachts anrufen, wenn irgendwas ist. Und wenn du nicht alleine sein willst, holen wir dich sofort.*

Als Paul dann im Bett liegt, überlegt er noch lange hin und her. Er weiß ja, dass Alex völlig anders tickt als seine übrigen Freunde. Das ist ja auch genau der Grund, weshalb er Alex so gut findet. Und deshalb ist er auch so verzweifelt, dass er ihr nicht einfach helfen kann. Er würde sonst was tun, damit es ihr wieder besser geht. Aber er weiß nicht, was! Und solange Alex nicht selber ankommt, kann er gar nichts machen. Aber er wird das Gefühl nicht los, dass vielleicht alles noch viel schlimmer ist, als er denkt. Und dass Alex bisher immer nur die halbe Wahrheit erzählt hat!

Auch diese Geschichte mit der Oma kommt ihm plötzlich komisch vor. Er meint sich nämlich gerade ganz deutlich zu erinnern, dass es die Oma gar nicht mehr gibt! Alex hat irgendwann mal erzählt, dass sie immer ein bisschen traurig ist, wenn sie in den Garten kommt, der früher ihrer Oma gehört hat. Weil sie dann jedes Mal daran denken muss, wie sie da zusammen Erdbeeren und Kirschen und Äpfel gepflückt und im Winter die Vögel gefüttert haben. Und jetzt gibt es nur noch den Garten, um den sich Alex und ihre Mutter kümmern, und die Oma ist tot. Aber wenn sie tot ist, dann kann Alex sie ja wohl auch kaum besucht haben!

»Irgendwas stimmt da nicht«, flüstert er Dusty zu.

Aber mit Dusty stimmt auch irgendwas nicht. Er kommt nicht wie sonst sofort an und versucht, zu ihm ins Bett zu klettern. Sondern er liegt die ganze Zeit schon mit gespitzten Ohren mitten im Zimmer und starrt die Tür an, als müsste er aufpassen. Oder würde darauf warten, dass die Tür endlich aufgeht und er raus kann.

Paul kriecht unter seiner Decke hervor und tappt barfuß zur Tür, um sie einen Spaltbreit zu öffnen.

»Besser so?«, fragt er Dusty und bückt sich zu ihm, um ihn zu streicheln. »Jetzt kannst du im Haus rumlaufen, wenn du willst. Aber da ist nichts, glaub mir. Sie schlafen alle längst. Nur wir beide sind noch wach. Aber ich kann schon kaum noch denken so müde bin ich! Und ich glaube, es wird das Beste sein, ich hau mich jetzt ganz schnell wieder hin, bevor ich hier neben dir auf dem Fußboden einpenne.«

Dusty scheint ihn genau verstanden zu haben. Er gähnt und dreht sich auf die Seite.

»Guter Hund«, flüstert Paul. »Schlaf gut. Gute Nacht.«

Als Paul am nächsten Morgen aufwacht, ist er immer noch so müde, dass er das Gefühl hat, er wäre gerade erst ins Bett gekrochen. Und es ist auch immer noch dunkel! Paul braucht einen Moment, bis er begreift, dass es die ganze Nacht über geschneit hat und der Schnee auf dem Fensterbrett so hoch liegt, dass er kaum noch auf die Straße blicken kann.

Auf seiner Uhr ist es allerdings auch erst kurz nach sieben. Dusty liegt inzwischen zusammengerollt auf der Decke zu seinen Füßen und blinzelt noch nicht mal, als sich Paul bewegt.

Schnell checkt Paul sein Handy, ob sich Alex vielleicht gemeldet hat. Hat sie aber nicht.

Er überlegt, ob er versuchen soll, wenigstens noch eine Stunde weiterzuschlafen. Bis seine Eltern aufstehen und sein Vater anfangt, Frühstück zu machen. Vielleicht kann er Peter ja auch überreden, dass sie frische Brötchen holen. Dann könnten sie auch gleich bei Alex vorbei und sie mitbringen und alle zusammen frühstücken!

Ganz leise hört er seinen Vater vom anderen Ende des Flurs her schnarchen. Aber da ist noch ein anderes Geräusch! Als ob irgendjemand leise reden würde. Das kommt aus Karlottas Zimmer …

Vorsichtig steigt Paul aus seinem Bett. Als er auf Zehenspitzen zur Tür schleicht, macht Dusty kurz die Augen auf. Aber er rührt sich nicht und bleibt liegen. Und er guckt schnell weg, als er merkt, dass Paul ihn beobachtet. Fast so, als hätte er ein schlechtes Gewissen.

Paul schleicht weiter auf den Flur hinaus und bis zu Karlottas Tür. Jetzt kann er ganz deutlich hören, wie sie flüstert: »Du brauchst keine Angst zu haben! Schneewittchen und Hans-guck-in-die-Luft tun dir nichts. Sie wollen nur ein bisschen an dir schnuppern. Sie wundern sich nämlich genauso wie ich, wo du herkommst …«

Die Tür ist nur angelehnt, und als Paul sie einen Spaltbreit aufdrückt, sieht er seine kleine Schwester im Schlafanzug auf dem Boden hocken. Ihre beiden Kaninchen hoppeln aufgeregt um sie herum. Aber Karlotta kümmert sich gar nicht weiter um sie, sondern hält ein Salatblatt vor ihr Bett, unter dem zwei lange Ohren hervorgucken. Da ist noch ein drittes Kaninchen!

Jetzt hat Karlotta gemerkt, dass er in der Tür steht. Schnell legt sie ihren Zeigefinger vor den Mund.

»Pscht! Ganz leise! Es hat noch ein bisschen Angst,

du darfst es nicht erschrecken. Aber guck mal, wie süß es ist! Es hat einen weißen Fleck auf der Brust, siehst du das? Es ist voll süß! Vielleicht nenne ich es Flecki, was meinst du, das ist doch ein guter Name, oder?«

Ganz vorsichtig macht Paul die Tür hinter sich zu und kommt näher.

»Wo … wo hast du das her?«, flüstert er.

Karlotta kichert leise.

»Jetzt tu doch nicht so! Ich finde es ganz toll, echt! Es ist das beste Weihnachtsgeschenk, das ich kriegen konnte. Und es war schlau von dir, dass du es mir jetzt schon gegeben hast. Dann kann es sich nämlich bis Heiligabend schon mal an Schneewittchen und Hans-guck-in-die-Luft gewöhnen …«

»Hä?«, macht Paul und kapiert kein Wort.

»Du kannst es ruhig zugeben, es ist doch von dir, oder? Und du hast es aus dem Tierheim! Du hast es geklaut, stimmt's? Genauso wie das andere gestern, ist doch klar. Ich bin ja nicht blöd. Jetzt müssen wir nur noch überlegen, wie wir das Mutti und Vati beibringen.«

»Ich … ich hab das nicht geklaut«, stammelt Paul. »Ich hab keine Ahnung, woher …«

Karlotta blickt ihn mit großen Augen an.

»Echt nicht?«

»Echt nicht, ich schwöre!«

»Dann ... ist es ein Wunder!«, flüstert Karlotta. »Ein echtes Winterwunder! So was gibt's, wenn Weihnachten ist. Das ist wie mit dem kleinen Jesuskind im Stall, das war auch so ein Wunder! Vielleicht war's ja auch der Weihnachtsmann selber? Weil ich auf meinen Wunschzettel geschrieben habe, dass ich unbedingt noch ein Kaninchen mehr brauche. Für meine Kaninchenzirkus-Vorstellung! Guck mal, jetzt frisst es! Glaubst du, dass ich es hinkriege, Flecki so zu trainieren, dass es durch einen Reifen springt, wenn es sein Futter haben will?«

»Jetzt warte mal«, erwidert Paul. »Erklär mir alles noch mal ganz von vorne. Als du aufgewacht bist, war das Kaninchen plötzlich ... bei dir im Zimmer?«

»Ja, sag ich doch! Aber das passt! Bei Wundern ist es immer so, dass man nicht weiß, wie sie passiert sind, sonst wären es ja auch keine Wunder!«

Paul überlegt. Und eigentlich gibt es nur eine Erklärung, denkt er. Auch wenn er noch keine Ahnung hat, wie alles zusammenhängt, aber wenn er sich nicht sehr täuscht, dann weiß er, wer das Kaninchen angeschleppt hat. Und es war unter Garantie nicht der Weihnachtsmann!

»Komm mal mit«, sagt er leise. »Wir müssen was überprüfen.«

Sie machen leise die Tür hinter sich zu und schleichen durchs Treppenhaus nach unten. Und Paul hat sich nicht geirrt! Die Kellertür steht halb offen. Genauso wie damals, als Dusty nachts heimlich abgehauen ist. Durch den Heizungskeller und die Hintertür mit dem losen Brett dicht über dem Boden, das Pauls Vater immer noch nicht repariert hat. Nur dass es diesmal genau umgekehrt war: Dusty ist nicht abgehauen, sondern hat jemanden auf demselben Weg ins Haus HINEINgeschmuggelt. Und dann gewartet, bis alle geschlafen haben, um das fremde Kaninchen in Karlottas Zimmer zu schleppen. Und damit ist auch klar, warum Dusty vorhin einfach auf dem Bett liegengeblieben ist, und sich auch jetzt nicht blicken lässt. Weil er natürlich genau weiß, was er angestellt hat. Und sich nicht sicher ist, ob es vielleicht Ärger gibt …

Karlotta bleibt ganz dicht hinter Paul, als er das Licht im Heizungskeller anmacht. Im nächsten Moment schreien sie vor Schreck beide auf. Direkt vor ihnen springt ein Schatten hinter dem Heizungskessel hervor und verschwindet fauchend durch das Loch in der Tür nach draußen.

»Was … was war das?«, stammelt Karlotta ängstlich.

»Eine Katze«, sagt Paul und merkt, wie ihm eine

Gänsehaut über den Rücken kriecht. »Eine Katze«, wiederholt er flüsternd. »Und ein Kaninchen! Aber es waren drei Tiere …«

»Was?«, fragt Karlotta. »Wovon redest du?«

»Los, hilf mir, alles abzusuchen! Hier muss irgendwo auch noch eine Schildkröte sein.«

»Hä? Wieso das denn?«

Im gleichen Augenblick klingelt oben im Haus das Telefon.

Er hört, wie sie alle aufgeregt durchs Haus laufen. Aber er bleibt trotzdem ganz still auf Pauls Bett liegen. Bis Paul zurückkommt und sich neben ihn hockt.

»Dusty, was mache ich bloß mit dir?«, fragt er leise und streichelt ihm übers Fell.

Er klopft kurz mit der Schwanzspitze auf die Bettdecke, aber weiter rührt er sich nicht. Weil er sich noch nicht sicher ist, ob es nun Ärger gibt oder nicht.

Gleich darauf kommt Karlotta zu ihnen. Sie hält das Kaninchen im Arm, das er heute Nacht die Treppe hochgeschleppt und in ihr Zimmer gebracht hat.

Das Kaninchen scheint ihn auch zu erkennen. Es fängt sofort an zu zappeln und will sich aus Karlottas Armen winden, um wegzulaufen.

»Du bist also das Wunder«, stellt Karlotta fest. Er kapiert nicht, was sie meint, aber ihre Stimme klingt, als wäre sie ein bisschen enttäuscht von ihm.

Er streckt sich und gähnt, weil er nicht weiß, was er sonst machen soll.

Karlotta streichelt das Kaninchen und flüstert ihm irgendwas in die langen Ohren.

Jetzt hört er, wie Sabine und Peter die Treppe hinaufkommen.

Und dann stehen sie alle um ihn herum.

Und schütteln die Köpfe, als hätte er etwas gemacht, was sie nicht verstehen. Aber sie schimpfen nicht mit ihm! Sie blicken ihn nur an, bis es ihm unangenehm wird und er wieder gähnt und sich wieder streckt.

Im gleichen Moment sieht er die kleine Katze in der Tür. Er wedelt mit dem Schwanz. Die Katze drückt sich an Sabines Beinen vorbei und springt mit einem Satz zu ihm aufs Bett. Dann schmiegt sie ihren Kopf an seinen Hals. Er bleibt ganz still liegen und streckt nur die Zunge vor, um der Katze übers Fell zu lecken.

»Er hat uns das Kaninchen und die Katze gebracht, damit wir uns darum kümmern«, sagt Peter. »Ich würde nur gerne wissen, wo er die Tiere gefunden hat.«

»Wenn wir das jemandem erzählen, hält er uns für verückt«, sagt Sabine. »Die Geschichte glaubt uns keiner.«

»Dusty ist echt schlau«, sagt Karlotta. »So schlau, dass es auch schon fast so was wie ein Wunder ist.«

»Mann, Dusty«, stöhnt Paul. »Wenn du doch nur reden könntest!«

9. Kapitel

Als das Telefon geklingelt hat, ist Paul schnell nach oben gelaufen, um das Gespräch anzunehmen. Und am anderen Ende war Pauls Oma, die ja in Berlin wohnt und nur wissen wollte, wann Peter sie abholt, damit sie Weihnachten zusammen feiern können. Typisch Pauls Oma, sonntagmorgens um acht anzurufen, wenn eigentlich noch alle schlafen! Außerdem hatten sie längst geklärt, dass sie sie am Heiligabend so gegen Mittag abholen. Und dass Oma dann über die Feiertage bei ihnen bleibt.

»Ich wollte euch ja auch nur noch mal daran erinnern«, hat Pauls Oma gesagt. »Damit ihr es nicht vergesst.«

»Wir vergessen es nicht, mach dir keine Sorgen, Oma! Wir freuen uns ja darauf, mit dir Weihnachten zu feiern. Es ist nur gerade noch ein bisschen früh«, hat Paul schnell hinzugesetzt. »Und Peter und Sabine schlafen noch, aber ich sag ihnen Bescheid, dass du angerufen hast.«

»Dann grüß die beiden Schlafmützen mal schön«,

hat seine Oma gelacht. »Und grüß auch Karlotta und Dusty und die Kaninchen!«

»Mach ich«, hat Paul versprochen und gedacht, dass seine Oma sich ganz schön wundern wird, wenn aus den zwei Kaninchen plötzlich drei geworden sind! Drei Kaninchen, die hintereinander her durch einen Reifen springen, um sich ihre Salatblätter zu holen.

Aber er hatte gerade erst wieder aufgelegt, als sein Vater die Treppe heruntergepoltert kam. Und inzwischen stand auch Karlotta im Flur, und die Tür zum Heizungskeller war sperrangelweit offen und Peter hat sofort geahnt, dass irgendwas nicht stimmt.

Zu allem Überfluss hat dann auch noch Sabine von oben gerufen: »Wo ist Karlotta? Und wieso hoppeln hier plötzlich drei Kaninchen in ihrem Zimmer rum?«

Es hat eine ganze Weile gedauert, bis Paul und Karlotta ihren Eltern alles erklärt hatten. Und dann haben sie alle zusammen noch mal den Keller abgesucht, aber die Schildkröte war nirgends zu finden. Dafür ist plötzlich die Katze wieder aufgetaucht und an ihnen vorbei ins Wohnzimmer gerannt, wo sie dicke, nasse Pfotenabdrücke auf dem Sofa hinterlassen hat, als sie zwischen die Kissen gesprungen ist.

»Ich glaub's langsam nicht mehr«, hat Sabine immer wieder gestammelt, während Paul sich die Treppe hochgeschlichen hat, um mit Dusty zu reden. Nur dass Dusty ja leider keine Antworten geben konnte …

Jetzt sitzen sie am Frühstückstisch, und Paul hat schon zwei Mal versucht, Alex anzurufen. Aber ihr Handy ist immer noch ausgeschaltet.

»Das gefällt mir nicht«, sagt Peter gerade und schiebt seinen Teller zur Seite. »Wir fahren da jetzt hin! Und wenn sie nicht da ist, dann …« Er zuckt mit den Achseln, als wüsste er nicht weiter.

»Ich fürchte, dann bleibt uns nichts anderes übrig, als zur Polizei zu gehen, um Alex suchen zu lassen«, sagt Sabine leise. »Vielleicht hätten wir das gestern schon machen sollen. Ich hoffe nur, das Alex nicht irgendwas Dummes angestellt hat!«

»Ich versteh's einfach nicht«, sagt Paul nicht zum ersten Mal. »Ich meine, ich war ja bei ihr zu Hause, aber da waren keine Tiere! Weder das Kaninchen noch die Katze oder die Schildkröte. Und ich hab auch keine Futternäpfe oder so was gesehen. Nur ein paar Kartoffelschalen und eine schrumplige Mohre auf dem Küchentisch …«

»Auch Salatblätter?«, fragt Karlotta.

»Weiß ich nicht mehr, kann sein.«

»Passt! Das war nämlich das Futter für die Tiere! Aber die hat sie irgendwo anders versteckt, das ist es«, erklärt Karlotta.

»Aber wo?«, fragt Paul. »Und warum?«

»Und wieso hat Dusty die Tiere überhaupt gefunden?«, fragt Peter. »Er war mit uns im Wald, und als er abgehauen ist, um nach Hause zu laufen, hat er zufällig das Kaninchen und die Katze getroffen, die da im Schnee umhergeirrt sind?«

»Passt nicht«, stellt Karlotta fest.

Im gleichen Moment klingelt Pauls Handy.

Auf dem Display steht *S 2 Tierheim*.

»Das Tierheim«, sagt Paul und nimmt das Gespräch an.

Sabine 2 klingt so aufgeregt, dass Paul Mühe hat, sie überhaupt zu verstehen. »Einer von den Hunden ist verschwunden!«, ruft Sabine 2 so laut, als hätte sie kein Handy in der Hand und müsste die Entfernung nur mit ihrer Stimme überbrücken. »Ich habe Spuren im Schnee gefunden, die von der Tür im Zaun direkt zum Zwinger führen. Das muss der Dieb gewesen sein! Ich verstehe nur nicht, warum er die Schildkröte zurückgebracht hat!«

»W... w... was?«, stammelt Paul. »Die Schildkröte ist wieder da?«

»Ja, sie sitzt hier im Stroh neben ihrem Karton und frisst Salat. Aber die schwarze Mischlingshündin ist weg, obwohl ich genau weiß, dass sie vorhin noch bei den anderen Hunden war, als wir spazieren gelaufen sind. Es muss also gerade eben passiert sein …«

»Können Sie alles noch mal von Anfang an erzählen?«, bittet Paul, während er die Lautsprechertaste drückt, damit seine Familie mithören kann.

»Ich bin heute Morgen ganz früh zum Tierheim gefahren, um mit den Hunden spazieren zu gehen«, berichtet Sabine 2. »Das mache ich manchmal, und heute dachte ich, bei dem Schnee haben wir bestimmt alle viel Spaß. Ich bin mit den Hunden gleich hinten raus, da ist eine Tür im Zaun, das ist der kürzeste Weg, um auf die Felder zu kommen. Und ich weiß genau, dass die schwarze Hündin dabei war! Wir waren vielleicht eine halbe Stunde unterwegs, und als wir zurückkamen, habe ich die Spur im Schnee gesehen. Eigentlich nur durch Zufall, weil sie von der anderen Seite kam, vom Wald her. Aber die Spur führte direkt vom Zaun zum Zwinger rüber. Also bin ich schnell hingerannt. Und da waren überall nasse Stiefelabdrücke in dem Raum vor dem Zwinger, deshalb habe ich auch die Schildkröte gleich entdeckt. Aber es war niemand mehr da, und als ich dann die Hunde in ihre Boxen gebracht habe, fehlte die Hündin. Kannst du dir das erklären? Hast du irgendeine Ahnung, was das zu bedeuten hat?«

»Sind Sie sicher, dass Sie die Tür im Zaun wieder

richtig hinter sich zugemacht haben? Ich meine, als Sie die Spur gesehen haben?«

»Ich glaube schon, ja. Aber ich habe sie nicht abgeschlossen! Und als ich zurückkam, stand sie halb offen. Willst du vielleicht noch mal herkommen und dir das selber ansehen, ob du irgendetwas entdecken kannst? Wenn du Dusty mitbringst, kann er vielleicht die Spur verfolgen, so wie neulich mit dem Handschuh …«

»Es ist gerade ein bisschen schlecht«, antwortet Paul ausweichend. »Ich versuche es, aber es dauert vielleicht noch ein bisschen, weil …«

Im selben Moment sieht er, wie seine Mutter den Kopf zur Seite dreht, als hätte sie irgendein Geräusch gehört. Gleich darauf schiebt sie ihren Stuhl zurück und läuft in den Flur hinaus. Und dann hört er, wie sie die Kellertreppe hinunterrennt und laut ruft: »Dusty? Dusty!«

»Ich melde mich wieder«, sagt Paul schnell zu Sabine 2 und springt auf, um hinter seinem Vater und Karlotta herzulaufen.

Sabine hat die Hintertür aufgeschlossen und starrt auf die Pfotenabdrücke im Schnee, die vom Haus wegführen.

»Er ist weg«, stammelt sie. »Dusty ist abgehauen.«

Paul wirft einen Blick auf das lose Brett in der Tür,

das an einem Nagel hin- und herbaumelt. Dusty muss das Brett so weit zur Seite gedrückt haben, dass die Öffnung groß genug war, um sich hindurchzuquetschen.

Er weiß selber nicht, was gerade passiert. Aber er musste einfach nach draußen und loslaufen! Als würde er irgendeiner Stimme gehorchen, die ihn ruft. Obwohl seine Leute ja im Haus sind. Und bestimmt sind sie auch sauer, wenn sie merken, dass er einfach abgehauen ist. Aber das ist egal, er kann nicht anders. Er zittert am ganzen Körper, und seine Muskeln sind so angespannt, dass es fast wehtut.

Jetzt ist er hinten am Zaun und kriecht unter der untersten Latte durch, dann hebt er den Kopf und zieht prüfend die Luft in die Nase. Gleich darauf läuft er weiter, mit der Schnauze dicht über dem Schnee. Nach ein paar Metern bleibt er wieder stehen. Er legt den Kopf schief und spitzt die Ohren, erst zur einen Seite, dann zur anderen. Aber da ist nichts. Und trotzdem weiß er, dass irgendetwas nicht stimmt. Ganz deutlich spürt er wieder das Zittern, das die Haut unter seinem Fell kribbeln lässt. Er muss weiter, um herauszufinden, was los ist!

Jetzt hat er eine Spur, der er bis zur Straße folgt. Dann sind plötzlich noch andere Spuren da, und er weiß nicht mehr, in welche Richtung er jetzt laufen soll. Ein Auto fährt so dicht an ihm vorbei, dass er erschro-

cken zurückspringt. Von dem Qualm, der aus dem Auspuff kommt, muss er niesen.

Irgendwo hört er einen anderen Hund bellen. Für einen Moment bleibt er ganz still stehen, bevor er zum Laternenpfahl läuft und sein Bein hebt. Damit der andere Hund Bescheid weiß, falls er vorbeikommen sollte.

Ohne noch einmal anzuhalten, hetzt er dann auf dem Fußweg entlang. Ab und zu schnappt er ein bisschen Schnee auf, der sich angenehm kühl auf seiner Zunge anfühlt.

An der nächsten Straße biegt er ab. Und dann noch mal, bis der Weg an einer Wiese endet.

Auf der anderen Seite kann er deutlich den dunklen Wald erkennen. Und er weiß jetzt, wohin er laufen muss! Auch ohne dass er eine Spur hat, der er folgen kann.

Einmal dreht er sich noch um und blickt zurück. Die Häuser mit ihren verschneiten Dächern sehen wie weiße Buckel aus. Und die grauen Wolken am Himmel hängen so tief, dass die Kirchturmspitze im Nebel verschwindet.

Wieder läuft dieses Zittern durch seinen Körper, ohne dass er etwas dagegen tun kann. Als er erneut die Nase hebt, trägt der Wind ihm endlich den Geruch zu, nach dem er gesucht hat.

10. Kapitel

Paul rennt so schnell, dass er kaum die Kälte spürt, die wie mit Eisfingern unter seine offene Jacke dringt. Er ist sich jetzt absolut sicher, dass er genau weiß, wohin Dusty verschwunden ist. Es gibt nur eine Erklärung – Dusty muss die gleiche Idee gehabt haben wie er selbst!

Das hat er auch seinen Eltern zugerufen, während er sich schnell die Jacke angezogen und den Schal und die Mütze vom Haken im Flur genommen hat.

»Ich glaube, ich weiß, wo Alex ist! Ich hätte schon viel eher draufkommen müssen, aber ich habe nicht nachgedacht. Es war nicht gelogen, als sie gesagt hat, dass sie bei ihrer Oma ist. Oder jedenfalls nicht richtig gelogen! Alex' Oma ist zwar tot, aber den Garten von ihr gibt es noch. Und den hat Alex gemeint, da ist sie! Das ist ihr Versteck. Da hat sie auch die Tiere hingebracht, genau wie Karlotta es sich gedacht hat. Und ich wette, dass Dusty da auch gestern schon war, und jetzt will er wieder hin!«

»Aber wieso ist dann die Schildkröte … Ich meine,

und was ist mit dem Hund, der jetzt plötzlich aus dem Tierheim verschwunden ist?«, hat Peter gestammelt.

»Ich weiß es nicht, aber das kriege ich alles raus. Und ich muss da alleine hin, zu Alex, meine ich. Ich muss das mit ihr klären, ohne dass sie Panik kriegt, weil sie denkt, ihr wolltet sie jetzt bei der Polizei anzeigen oder so was. Ich hab ja mein Handy dabei, und ich rufe euch an, sowie ich sie gefunden und mit ihr geredet habe.«

Sabine und Peter schienen nicht gerade überzeugt zu sein, aber schließlich haben sie sich darauf geeinigt, dass Paul tatsächlich alleine losläuft. Und seine Eltern sich mit Karlotta auf den Weg machen und versuchen, Dusty zu finden, falls Paul sich geirrt hat und er nicht zu dem Garten, sondern irgendwo anders hin gelaufen ist.

»Und du rufst wirklich sofort an!«, hat Peter noch hinter Paul hergerufen.

»Klar, mache ich, großes Ehrenwort!«

Er weiß genau, wie er zu der Gartenlaube kommt. Und er kennt eine Abkürzung, quer durch den Wald. Als er an der Lichtung ist, von der sie gestern den Weihnachtsbaum geholt haben, denkt er, dass alles zusammenpasst. Wahrscheinlich ist Dusty ein bisschen durch den Wald gestrolcht, als ihm langweilig wurde, und dann hat er Alex' Spur gefunden und ist ihr gefolgt. Nur was danach passiert ist, das ist immer noch unklar. Hat Dusty das Kaninchen wirklich ganz alleine aus der Gartenlaube geholt und nach Hause geschleppt? Und was ist mit der Katze? Und wie soll Dusty eigentlich in die Hütte reingekommen sein? Oder war Alex womöglich selber da? Aber dann würde das Ganze überhaupt keinen Sinn mehr ergeben!

»Mist!«, schimpft Paul laut vor sich hin, während er keuchend über den schmalen Waldpfad rennt.

Eine Krähe fliegt erschrocken auf und krächzt hinter ihm her. Im nächsten Moment bleibt Paul mitten auf dem Weg stehen. Mit zusammengekniffenen Augen sucht er den Pfad ab. Wenn Dusty wirklich hier gewesen ist, müssten ja irgendwo seine Pfotenabdrücke zu sehen sein! Und genauso irgendeine Spur von Alex. Aber da ist nichts. Der Neuschnee hat alles zugedeckt.

Plötzlich ist Paul unsicher, ob er sich nicht vielleicht doch geirrt hat. Aber jetzt ist er schon fast an der Gartenkolonie, da kann er auch noch die paar Meter weiterlaufen und nachsehen.

Er will gerade über das kleine Tor im Zaun klettern, als sein Handy klingelt.

Er merkt, wie seine Finger zittern, als er den Namen auf dem Display liest. Alex!

»Ich bin's«, hört er Alex' Stimme.

»Schon gesehen«, antwortet er.

»Ich glaub, ich hab was Blödes gemacht«, sagt Alex. »Kannst du kommen?«

»Wo bist du?«

»Im Garten von meiner Oma. Und du?«

»Ich steh davor. Wenn du rausguckst, müsstest du mich schon sehen.«

Als Alex die Tür öffnet, kann er ganz deutlich erkennen, dass sie geweint hat. Ihre Unterlippe zittert ein bisschen, als sie ihn hereinlässt. Aber sie sagt kein Wort, sie nickt ihm nur kurz zu und bleibt dann hinter ihm stehen, während er sich in der Hütte umblickt.

Das Erste, was ihm auffällt, ist der geschmückte Weihnachtsbaum, der in der Ecke steht. Als hätte Alex vorgehabt, hier in der Gartenlaube zu feiern, denkt er verblüfft. Erst dann fällt ihm wieder ein, was ja viel wichtiger als alles andere ist!

»Wo ist Dusty?«, fragt er.

»Was?«

»Dusty! Jetzt sag schon, hast du ihn auch irgendwo versteckt?«

Er merkt selber, dass seine Stimme zittert und viel zu hoch ist. Und das liegt nicht nur an seiner Sorge um Dusty – sondern er ist wütend! Und im Moment traut er Alex ALLES zu. Sogar, dass sie Dusty entführt hat und ihn irgendwo gefangen hält.

»Dusty ist verschwunden«, stößt er hervor. »Entweder abgehauen oder … weggelockt worden. Und ich glaube, du hast was damit zu tun!«

Alex schluckt. »Habe ich nicht, nein! Glaub mir, ich habe keine Ahnung, was …«

»Vergiss es!«, blafft Paul sie an. »Das kenne ich schon. Du hattest ja auch keine Ahnung, wohin die geklauten Tiere verschwunden sind! Aber ich wette, dass du dahintersteckst. Und das Kaninchen war hier, und die Katze auch! Versuch nicht, mich für blöd zu verkaufen!« Er zeigt auf das Heu, das unter dem Tisch auf dem Boden liegt. Gleich neben dem Wassernapf! »Und außerdem war ich dabei, als du versucht hast, das Hundefutter zu klauen!«

»Das habe ich dir doch gesagt, das war für den Hund von unseren Nachbarn, den ich manchmal ausführe.«

»Das glaube ich nicht! Ich glaube, den Hund gibt es gar nicht. Und das Futter war für den anderen Hund, den du heute Morgen geklaut hast. Oder für Dusty, weil du nämlich schon länger vorhast, ihn zu kidnappen!«

Alex starrt ihn nur fassungslos an.

»Und?«, fragt Paul so laut, dass sie ein Stück vor ihm zurückweicht. »Was ist jetzt? Kriege ich vielleicht endlich mal die Wahrheit zu hören?«

Alex nimmt ihr Handy vom Tisch und ruft ein Bild auf, das sie ihm wortlos hinhält.

Paul sieht eine große Dogge, die zu Alex aufblickt, als würde sie gerade auf irgendein Kommando von ihr warten. Hinter Alex kann Paul das Haus erkennen, in dem Alex wohnt. Und aus dem offenen Fenster in der Nachbarwohnung winkt eine ältere Frau ins Bild.

»Und?«, fragt Paul, obwohl er die Antwort schon ahnt.

»Das ist der Hund von unseren Nachbarn«, sagt Alex, fast ohne die Lippen zu bewegen. »Rambo! Und das Futter, das ich geklaut habe, ist für ihn gewesen. Weil … einfach so. Damit er gerne zu mir kommt, weil er weiß, dass ich ihm immer was zu fressen gebe.«

»Okay«, sagt Paul. »Dann stimmt das mit dem Nachbarhund eben. Aber …«

Weiter kommt er nicht. Weil Alex ihm jetzt das Handy wieder wegnimmt und in ihre Hosentasche schiebt, bevor sie sich zum Fenster dreht und in den verschneiten Garten hinausstarrt. Er sieht nur ihren Rücken, als sie anfängt zu reden. Und sie spricht so leise, dass er Mühe hat, sie überhaupt zu verstehen.

»Du hast recht, dass ich der Dieb war. Ich habe ja schon gesagt, dass ich was Blödes gemacht habe. Als sie im Krankenhaus gesagt haben, dass meine Mutter vielleicht wahrscheinlich auch zu Weihnachten nicht nach Hause darf, da … hatte ich Angst, ganz alleine in der Wohnung zu hocken, wo mich alles an sie erinnert. Und da habe ich mir die Tiere geholt, damit ich jemanden habe, der mir Gesellschaft leistet. Ich habe gar nicht weiter überlegt, verstehst du? Eigentlich hätte ich viel lieber auch einen Hund bei mir gehabt, aber einen Hund aus dem Tierheim zu schmuggeln, war zu schwierig. Deshalb habe ich die Katze mitgenommen, und dann das Kaninchen und die Schildkröte. Und dann habe ich Angst gekriegt, dass irgendjemand kommt und die Tiere entdeckt. Deshalb habe ich sie hierher gebracht, und den Weihnachtsbaum hingestellt und das alles, um Heiligabend hier zu feiern. Aber als ich gestern hergekommen bin, war irgendjemand dagewesen. Das Fenster stand offen und … das Kaninchen war weg und die Katze auch. Ich habe nicht gewusst, was ich machen soll! Und heute Morgen bin ich ins Tierheim, weil ich wenigstens die Schildkröte zurückgeben wollte. Und außerdem wollte ich alles sagen. Dass ich der Dieb war, meine ich. Aber dann habe ich gesehen, wie Sabine mit den Hunden aus dem Zwinger gekommen ist. Und plötzlich habe ich mich nicht mehr getraut, mit ihr zu reden. Aber als sie die Tür im Zaun aufgelassen hat, habe ich gedacht, dass die Gelegenheit günstig ist, um nur schnell die Schildkröte zurückzubringen.

Und dann bin ich abgehauen, mehr weiß ich nicht. Das ist die ganze Geschichte, wirklich, du kannst mir glauben!«

Alex dreht sich um und blickt Paul direkt in die Augen.

»Ich weiß nicht, wo Dusty ist! Und ich habe auch nichts damit zu tun, wenn da einer von den Hunden im Tierheim weg ist. Aber das Kaninchen und die Katze sind ja auch verschwunden! Und ich weiß nicht, wohin, oder ob sie überhaupt noch am Leben sind. Ich weiß nichts mehr, Paul! Ich weiß nur, dass ich am liebsten …«

»Was?«, fragt Paul, als sie nicht weiterredet.

»… irgendwo anders wäre«, flüstert Alex. »Wo nicht alle Leute immerzu von Weihnachten reden! Wo es nicht immerzu blinkt und leuchtet und alle voll durchdrehen. Und wo meine Mutter nicht im Krankenhaus ist und ich nicht alleine bin und …«

»Hör auf«, sagt Paul. »Mann, Alex, das war ja wohl echt mehr als bescheuert, was du da gemacht hast!«, setzt er dann hinzu. »Du hättest doch nur mit mir reden müssen, ich bin schließlich dein Freund! Aber jetzt komm mal wieder runter. Zusammen finden wir bestimmt eine Lösung, wie wir das wieder hinbiegen. Und außerdem hat meine Mutter mit den Ärzten gesprochen: Deine Mutter darf zu Weihnachten wieder nach Hause, also freu dich drüber! Und wegen dem Kaninchen und der Katze musst du dir auch keine Sorgen machen, die sind nämlich bei uns.«

»Was? Aber wieso … Hast du sie etwa hier weggeholt? War deshalb das Fenster offen?«

Paul schüttelt den Kopf.

»Ich war es nicht. Und ich habe auch keine Ahnung, wie Dusty es angestellt hat, aber er hat die beiden Tiere zu uns gebracht.«

»Dusty?«

»Dusty. Und jetzt ist er weg. Deshalb dachte ich ja auch, er wäre wieder hier …«

»Wir müssen ihn suchen!« Alex packt Paul am Arm. »Was glaubst du, wo er sonst noch hingelaufen sein könnte?«

»Ich weiß es nicht. Meine Eltern sind schon unterwegs, um ihn zu suchen, aber …«

»Warte mal!«, unterbricht ihn Alex. »Du hast doch gesagt, dass da heute Morgen noch ein Hund aus dem Tierheim verschwunden ist. Vielleicht gibt es da einen Zusammenhang!«

»Du meinst, dass irgendjemand den Hund weggelockt hat? Und dasselbe auch mit Dusty gemacht hat?«

Alex starrt ihn mit weit aufgerissenen Augen an. Im selben Moment klingelt wieder Pauls Handy. Peter ist dran.

»Wieso meldest du dich nicht, Paul? Was ist los? Hast du Alex …«

»Ja«, antwortet Paul, noch bevor sein Vater ausgeredet hat. »Ich bin bei ihr im Garten, sie ist hier. Ich erkläre es euch alles später, es ist ein bisschen kompliziert. Aber Dusty …«

Diesmal unterbricht ihn sein Vater.

»Dusty ist nicht da, ich weiß. Wir haben gerade einen Anruf bekommen, von jemandem, der ihn vor ein paar Minuten gesehen hat und weiß, dass er zu uns gehört. Dusty ist an seinem Haus vorbeigelaufen, in Richtung Wald. Und nicht da, wo wir gestern den Baum geholt haben, sondern auf der anderen Seite, wo es zu dem alten Schwimmbad geht. Aber Dusty war nicht alleine, der Mann hat gesagt, dass da noch ein anderer Hund bei ihm war, und zwar ein schwarzer mit langem Fell!«

»Die Hündin aus dem Tierheim«, stößt Paul hervor. »Wo seid ihr?«

»Schon auf dem Weg dahin. Aber es wird eine Weile dauern, weil wir bis eben in der falschen Richtung gesucht haben.«

»Alex und ich sind vielleicht schneller. Wir kommen! Wir laufen sofort los!«

Als die Hündin durch den Schnee auf ihn zuspringt, wackelt ihr ganzes Hinterteil, so heftig wedelt sie mit dem Schwanz. Und sie fiept und bellt abwechselnd und leckt ihm immer wieder über die Schnauze, als hätte sie genau gewusst, dass sie ihn irgendwo treffen wird.

Er freut sich auch. Und als sie sich duckt und ihn auffordert, mit ihr zu spielen, macht er mit. Sie springt an ihm hoch und versucht, ihn umzuwerfen. Aber er ist schneller und weicht ein Stück zurück, sodass sie ins Leere rennt und mit der Schnauze voran im tiefen Schnee landet. Und schon ist er über ihr und schnappt nach ihrem Ohr.

Die Hündin knurrt und schnappt zurück. Dann springt sie auf und rennt laut bellend im Kreis um ihn herum. Als er ihr den Weg abschneiden will, schlägt sie einen Haken. Und diesmal saust er ins Leere!

Als er sich hochrappelt und umblickt, ist sie schon fast am Waldrand. Und sie läuft so schnell, dass der Schnee in Klumpen unter ihren Pfoten hochfliegt. Er muss sich anstrengen, um sie einzuholen. Dann rennen sie hechelnd nebeneinander her, zwischen den Bäumen hindurch und an einem dichten Tannengestrüpp vor-

bei, bis sie plötzlich an dem Fahrweg sind, der sich in einer langen Kurve durch den Wald schlängelt.

Er weiß, wo der Weg hinführt! Und er will lieber wieder zurück, in die andere Richtung, aber die Hündin wartet nicht, als er bellt. Sie jagt jetzt über den Weg, als wollte sie ihm unbedingt zeigen, dass sie noch lange nicht müde ist.

Also läuft er weiter hinter ihr her. Obwohl er ein komisches Gefühl dabei hat, als würde irgendeine Gefahr auf sie lauern …

Ein Eichhörnchen flitzt vor ihnen über den Weg und rennt schimpfend den nächsten Baum hinauf. Die Hündin bleibt stehen und bellt hinter dem Eichhörnchen her. Und dann umkreisen sie beide bellend den Baum, einfach nur so, weil es Spaß macht. Und es ist ihnen auch völlig egal, dass das Eichhörnchen längst verschwunden ist!

Jetzt hat die Hündin irgendeine Spur gefunden. Mit weit aus der Schnauze hängender Zunge jagen sie weiter. Und als sie an dem großen Tor sind, denkt er gar nicht mehr daran, was in dem Schwimmbad vor langer Zeit Schlimmes passiert ist. Jetzt sieht er nur noch das Loch im Zaun. Und er ist ein bisschen stolz, dass er der Hündin zeigen kann, wie sie sich ganz flach machen muss, um auf dem Bauch unter dem Draht hindurchzukriechen. Als sie es geschafft hat, bellt er und wedelt mit dem Schwanz. Und sie stößt ihn mit der Schnauze an, als wollte sie fragen: Und was machen wir jetzt?

Aber er hat schon eine Idee. Der Teich vor ihnen ist fast vollständig zugefroren. Nur in der Mitte ist noch ein Loch. Enten schwimmen auf dem Wasser und schnattern aufgeregt, als sie die Hunde sehen. Aber das Loch ist weit genug entfernt, und er will ja auch die Enten nicht ärgern, sondern nur auf dem Eis am Uferrand schlittern!

Paul hat ihm beigebracht, wie man das machen muss. Er nimmt Anlauf, bis er schnell genug ist, dann springt er mit einem Satz auf das Eis und rutscht auf den Pfoten über die glatte Fläche. Bis er immer langsamer wird und sich zu der Hündin umdreht.

»Und jetzt du!«, bellt er. »Komm schon, trau dich, es macht Spaß!«

Beim ersten Mal ist die Hündin noch ängstlich und kommt nur ein paar Meter weit. Aber als sie es noch mal versucht, klappt es schon besser. Er bellt wieder, und sie antwortet ihm, und dann rutschen sie nebeneinander her und stoßen zusammen und kugeln übereinander, nur um gleich darauf erneut Anlauf zu nehmen. Und mit jedem Mal wird das Eis glatter und schneller. Jetzt hat die Hündin etwas Neues herausgefunden – sie wirft sich ganz flach auf das Eis und rutscht auf dem Bauch!

Aber so kann sie nicht bremsen! Als er sieht, dass sie viel zu weit auf die glatte Fläche hinausgetragen wird, fängt er an zu bellen, so laut er kann, und tiefer als vorher, um sie zu warnen.

Aber es ist schon zu spät! Als sie die Gefahr erkennt und versucht, auf ihre Pfoten zu kommen, dreht sie sich nur wie ein Kreisel, vor Angst jault sie ganz schrill auf, erschrocken fliegen die Enten davon, im nächsten Moment rutscht die Hündin hilflos über die Kante und klatscht in das Wasserloch.

Das Wasser spritzt nach allen Seiten, als sie versinkt. Dann kommt ihr Kopf wieder hoch, verzweifelt versucht sie, sich mit den Pfoten zurück auf das Eis zu ziehen. Aber sie findet keinen Halt und rutscht immer wieder ab …

Immer noch bellend jagt er los. Und er stoppt erst im letzten Moment, als er hört, wie das Eis unter ihm schon knirscht. Gerade kann er noch die Vorderpfoten zurückziehen und schnell zur Seite springen, als direkt vor ihm eine Eisscholle abbricht.

Er sieht nur die vor Panik weit aufgerissenen Augen der Hündin, aber er kommt nicht weit genug an sie heran, um sie zu packen. Er legt sich flach auf den Bauch und kriecht bis an die Kante, wieder knirscht das Eis unter ihm, aber es hält. Jetzt schlägt er mit den Pfoten aufs Wasser, damit die Hündin näher kommt. Mit letz-

ter Kraft paddelt sie auf ihn zu, er schnappt nach ihrem Fell im Nacken, rutscht ab, weil die Haare zu nass und zu glitschig sind, schnappt noch mal – und hat sie! Und hält sie so fest, wie er kann, während er langsam rückwärts kriecht.

Aber er muss sie ja noch über die Kante bekommen und hoch aufs Eis zerren, und er merkt, wie er vor Anstrengung zittert. Immer wieder bricht ein Stück Eis von der Kante, er nimmt alle Kraft zusammen und wirft sich mit einem Ruck nach hinten, ohne seinen Biss zu lockern. Und er schafft es, sie so weit aus dem Wasser zu ziehen, dass ihre Vorderpfoten Halt finden, ihre Krallen kratzen tiefe Furchen in das Eis, dann ist sie oben. Mit aller Kraft zerrt er sie weiter, weg von dem Loch, bis sie zitternd neben ihm zusammenbricht.

Aber die Gefahr ist noch nicht vorüber, er weiß, dass sie hier nicht liegen bleiben kann, sie ist klatschnass und vor Kälte fast steif, sie muss sich bewegen. Er stößt sie mit der Pfote an, und als sie nicht reagiert, schiebt er seine Schnauze unter ihren Rücken und versucht, sie hochzudrücken, damit sie endlich aufsteht.

Aber sie hebt nur kurz den Kopf und blickt ihn aus glasigen Augen an, sie hat keine Kraft mehr, um auf die Beine zu kommen. Wieder packt er ihr Nackenfell und zerrt sie ein Stück weiter, bis auch er nicht mehr kann. Verzweifelt leckt er über ihr Gesicht, immer wieder und wieder, dann legt er sich auf sie, um sie zu wärmen. Ganz schwach spürt er ihr Zittern unter sich. Er muss Hilfe holen, alleine kann er sie nicht retten. Aber wenn er jetzt losläuft und sie alleine lässt, wird sie erfrieren!

Er legt den Kopf weit in den Nacken und fängt an zu heulen. So laut und durchdringend, dass sein Hilferuf noch von den Bäumen am Waldrand widerhallt, während er schon zu einem neuen Geheul ansetzt, noch lauter und klagender.

Und er braucht einen Moment, bis er kapiert, dass er plötzlich nicht mehr nur sein eigenes Heulen hört. Sondern dass da Stimmen sind, die laut nach ihm rufen und schnell näher kommen. Und dann ist auch schon Paul bei ihm und drückt ihn fest an sich, während Alex sich über die Hündin beugt und sie in ihre Jacke wickelt und hochnimmt, um sie zu tragen …

11. Kapitel

Vor einer halben Stunde sind sie vom Tierarzt zurückgekommen. Die schwarze Hündin ist zwar stark unterkühlt und noch sehr schwach, aber sie wird durchkommen. Und Dusty hat nur eine kleine Wunde an der rechten Vorderpfote, wo das scharfkantige Eis ihm den Ballen aufgerissen hat, aber er hinkt schon wieder ganz munter durchs Wohnzimmer.

»Du bist ein echter Held«, flüstert Paul. »Auch wenn keiner durchblickt, was du eigentlich alles gemacht hast. Du bist in jedem Fall ein Held!«

Dusty wedelt mit dem Schwanz, dann lässt er sich neben der Hündin auf den Boden fallen und fängt an, ihr übers Ohr zu lecken.

Peter hat schnell eine Kartoffelsuppe für alle gemacht, mit gerösteten Brotwürfeln, die Paul besonders gerne mag! Und Sabine fragt jetzt schon mindestens zum zehnten Mal, ob ihnen auch allen warm genug ist oder ob sie lieber die Heizung noch ein bisschen höher drehen soll. Obwohl die Heizkörper so heiß sind, dass sie schon knacken!

Die Kaninchen hoppeln zu dritt um den Weihnachtsbaum herum, der mitten im Zimmer in seinem Ständer steht und darauf wartet, dass er endlich geschmückt wird. Wobei Karlotta gerade erst festgestellt hat, dass der Baum irgendwie komisch aussieht.

»Eine echte Gurke«, hat Karlotta gesagt. Und es stimmt schon, er ist wirklich ziemlich schief, und auf der einen Seite hat er kaum Äste, aber dafür zwei Spitzen. »Aber das ist egal«, hat Karlotta noch hinzugesetzt, »eigentlich ist nur wichtig, dass Flecki sich so gut mit Schneewittchen und Hans-guck-in-die-Luft verträgt! Wenn wir nämlich unsere Kaninchenzirkus-Vorstellung machen, guckt sowieso keiner mehr auf den Baum!«

Die kleine, grauweiße Katze liegt zusammengerollt auf der Rückenlehne vom Sofa und schnurrt im Schlaf. Ab und zu macht sie mal die Augen auf, als wollte sie kontrollieren, ob noch alle da sind. Dann gähnt sie und schläft zufrieden weiter.

Alex hat einen dicken Pullover von Paul an, der ihr viel zu groß ist. Sie sieht ein bisschen aus, als würde sie darin versinken. Aber vielleicht liegt das auch nur an ihrem Gesicht, das ganz bleich und klein wirkt. Wenigstens hat sie aufgehört zu weinen, denkt Paul. Und alle zusammen werden sie es auch irgendwie hinkriegen, den Mist, den Alex da gebaut hat, wieder auszubügeln. Am wichtigsten ist eigentlich im Moment nur, dass sie gerade entschieden haben, Alex und ihre Mutter am Heiligabend zu sich zu holen.

»Mit unserer Oma werdet ihr euch gut verstehen«, hat Sabine erklärt. »Und dann muss sich deine Mutter um nichts kümmern! Sie braucht nur ihre Geschenke auszupacken, alles andere machen wir.«

»Apropos Geschenke«, sagt Peter gerade. »Da gibt es noch was, was Sabine erzählen wollte!«

Jetzt blicken sie alle Sabine an.

Sie hockt sich neben Alex und legt ihr ganz leicht die Hand auf den Arm.

»Ich wollte mir die Überraschung eigentlich bis Weihnachten aufheben«, sagt sie. »Aber vielleicht hat Peter recht und ich erzähle es euch jetzt schon! Also passt auf: Bei mir im Krankenhaus ist eine Stelle in der Verwaltung frei. Da habe ich gedacht, ich frage mal nach, und habe mit der Krankenhausleitung gesprochen. Es ist noch nicht ganz sicher, aber ich denke, es wird klappen.«

»Was?«, fragt Alex.

»Deine Mutter hat mir erzählt, dass sie früher mal als Sekretärin gearbeitet hat …«

»Und das heißt …«, will Peter die gute Neuigkeit selbst verkünden. Aber da springt Karlotta auf und ruft: »Ich hab's schon kapiert! Dann verdient Alex'

Mutter nämlich auch mehr Geld und braucht keine zwei Jobs mehr und muss auch nicht mehr nachts arbeiten. Aber ich weiß noch mehr!«, erklärt sie dann und hebt die Arme. Ungefähr so wie ein Zirkusdirektor, der gerade die Raubtiernummer ansagen will: »Ich weiß nämlich, dass Alex auch nicht länger den Hund von ihren Nachbarn ausführen muss, sondern sich um ihren eigenen kümmern kann! Alles andere wäre auch echt fies! Weil die Sache ja wohl klar ist. Dusty ist nämlich voll verliebt.«

»Hä?«, macht Paul.

»Mann«, stöhnt Karlotta. »Manchmal bist du aber echt ein bisschen lahm in der Birne. Guck dir die beiden doch mal an!« Sie zeigt auf Dusty und die schwarze Hündin, die so dicht nebeneinanderliegen, dass sich ihre Schnauzen berühren.

»Sie heißt Bella«, erklärt Alex.

»Guter Name«, meint Karlotta. »Und Dusty ist in Bella verliebt und Bella in Dusty, das passt.«

»Aber ich habe kein Geld, um Bella zu bezahlen«, sagt Alex leise.

»Kein Problem«, meint Karlotta. »Dafür habe ich natürlich längst eine Lösung. Ich habe ein bisschen von meinem Taschengeld gespart, das kannst du haben. Und den Rest gibt dir Paul. Der hat über vierzig Euro in seinem Sparschwein.«

»W… w… woher weißt du das?«, stottert Paul.

»Ich hab's nachgezählt, ist doch klar. Vielleicht sind es auch nur dreißig, aber es reicht bestimmt. Und wenn nicht …«

Karlotta blickt zu Sabine und Peter.

Sabine nickt.

»Okay«, sagt Peter. »Darüber können wir reden.«

»Sag ich doch«, meint Karlotta.

»Echt?«, fragt Alex und lächelt zum ersten Mal wieder. »Ihr wollt mir Bella wirklich schenken?«

»Logisch«, sagt Karlotta. »Geht ja nicht anders.«

»Moment mal«, mischt sich Paul ein. »Ich mache mit, aber nur unter einer Bedingung, sonst läuft das nicht. Alex muss uns dafür zu Weihnachten den Baum leihen, der in der Gartenlaube von ihrer Oma steht. Der ist nämlich deutlich schöner als unsere Gurke da in der Ecke, und geschmückt ist er auch schon.«

»Mach ich!«, ruft Alex und springt auf, um alle der Reihe nach zu umarmen. Auch Dusty und Bella, die natürlich merken, was los ist, und aufgeregt winseln und sich mindestens genauso freuen wie Alex.

»Das ist, als ob heute schon Weihnachten wäre«, flüstert Alex, während sie Bella übers Fell streicht. »Jetzt muss ich aber ganz schnell meiner Mutter alles erzählen!« Plötzlich stutzt sie und beißt sich auf die

Unterlippe, als würde sie jeden Moment wieder anfangen zu weinen. »Es gibt trotzdem noch ein Problem. Ich meine …«

»Ich weiß, was du meinst«, sagt Paul. »Wegen dem Mist, den du gebaut hast, schon klar. Aber lass mich mal machen. Ich glaube, ich habe gerade eine gute Idee! Papa, darf ich mal dein Laptop benutzen?«

Peter nickt, Paul holt den Rechner, fährt ihn hoch und sucht die E-Mail-Adresse des Tierheims.Während er eine Mail tippt, redet er laut mit, sodass alle hören, was er schreibt:

»Liebe Sabine 2, es ist etwas passiert! Man könnte auch sagen, es ist ein echtes Wunder geschehen. Dusty und ich haben alle Tiere wiedergefunden. Der Fall ist gelöst, obwohl er ziemlich kompliziert war. Aber es kommt noch besser! Wir haben nämlich für ALLE Tiere ein neues Zuhause. Das Kaninchen behalten wir selber. Die Katze kommt zu unserer Nachbarin, die neulich erst gesagt hat, dass sich ihr Kater bestimmt über Gesellschaft freuen würde. Alex nimmt die schwarze Hündin! Sie hat sogar schon das Geld, um sie zu bezahlen. Aber vielleicht machen Sie ja auch einen Sonderpreis. Alex kommt auch morgen Nachmittag zu Ihnen, weil sie Ihnen noch was erklären muss. Und ich komme mit! Vielleicht auch mein

Vater, falls es irgendwie schwierig wird. Da können wir Sie dann auch gleich zu Weihnachten einladen, wenn Sie Lust haben, wir feiern dieses Jahr nämlich alle zusammen, und das Essen reicht auch noch für einen mehr. Mit freundlichen Grüßen aus dem Winterwunder-Haus, Paul und Dusty.«

Er blickt hoch, um zu sehen, was die anderen dazu meinen.

»Ganz schön lang«, stellt Karlotta fest. »Aber gut. Steht alles drin, was wichtig ist.«

»Abschicken«, sagt Peter und nickt.

»Ich bin stolz auf dich«, meint Sabine. »Auf euch alle!«

Nur Alex sagt nichts. Weil sie ihr Gesicht ganz tief in Bellas Fell vergraben hat. Paul sieht, dass ihre Schultern ein bisschen zucken. Aber diesmal weint sie vor Freude, da ist er sich sicher. Und als Dusty ihn jetzt mit seinen klugen Augen anblickt, weiß er genau, dass es das beste Weihnachtsfest werden wird, das sie je gefeiert haben.

ENDE

2. Auflage

Umschlagbild: Bente Schlick, www.benteschlick.com
Umschlagfertigstellung: init | Kommunikationsdesign, Bad Oeynhausen
ck · Herstellung: AJ
Satz: KompetenzCenter, Mönchengladbach
Druck: GGP Media GmbH, Pößneck
ISBN 978-3-570-17556-9
Printed in Germany

www.cbj-verlag.de

Jan Andersen ist ein Pseudonym des Autors Wolfram Hänel. Er lebt in Norddeutschland und hat über hundert Geschichten und Romane geschrieben, die auch in andere Sprachen übersetzt worden sind. Schon als Junge hat er am liebsten Hundebücher gelesen – und natürlich hat er selber auch immer einen Hund gehabt, immer Border Collies! Er ist sich sicher, dass irgendwann der Tag kommt, an dem er mit seinem Border Collie zusammen am Tisch sitzt und der Hund plötzlich anfängt zu reden …

Mehr über Wolfram Hänel und seine Bücher:
www.haenel-buecher.weebly.com

Jan Andersen

Dusty

Als Paul eines Tages allein unterwegs ist, lauert ihm eine Bande auf. Sie wollen sein Geld, und Paul weiß: Gegen die hat er keine Chance. Doch da taucht plötzlich dieser völlig verwilderte Hund auf – und schlägt die fünf Typen in die Flucht. Von dieser Minute an weicht Dusty dem Jungen nicht mehr von der Seite.

Zwei Freunde, ein starkes Team – und jede Menge spannende Abenteuer!

Dusty – Freunde fürs Leben
Band 1, 208 Seiten,
ISBN 978-3-570-17139-4

Dusty in Gefahr
Band 2, 208 Seiten,
ISBN 978-3-570-17339-8

Dusty – Komm nach Hause!
Band 3, 192 Seiten,
ISBN 978-3-570-17414-2

10373_3

cbj

www.cbj-verlag.de